［日］森鸥外 ——— 著

高慧勤 ——— 译

まいひめ

舞姫

陕西师范大学出版总社

图书代号：SK16N0278

图书在版编目（CIP）数据

舞姬／（日）森鸥外著；高慧勤译．—西安：
陕西师范大学出版总社有限公司，2016.7
ISBN 978-7-5613-8459-6

Ⅰ．①舞…　Ⅱ．①森…　②高…　Ⅲ．①长篇小说—
日本—现代　Ⅳ．① I313.45

中国版本图书馆 CIP 数据核字（2016）第 092780 号

舞　姬
WU　JI

[日] 森鸥外 著　　高慧勤 译

责任编辑	焦　凌
责任校对	王西莹
特约编辑	陈　淡
装帧设计	崔晓晋
出版发行	陕西师范大学出版总社
	（西安市长安南路 199 号　邮编 710062）
网　址	http://www.snupg.com
经　销	新华书店
印　刷	山东临沂新华印刷物流集团有限责任公司
开　本	880mm×1230mm　1/32
印　张	5.5
字　数	108 千
插　页	4
版　次	2016 年 7 月第 1 版
印　次	2016 年 7 月第 1 次印刷
书　号	ISBN 978-7-5613-8459-6
定　价	29.80 元

读者购书、书店添货或发现印装有问题，请与营销部联系、调换。
电　话：(029) 85307864　85303629　　传　真：(029) 85303879

译者序

鸥飞域外终森立

森鸥外（1862—1922）在日本现代文学史上，声望与夏目漱石（1867—1916）相埒，被推崇为明治文学的巨擘。

19世纪80年代，明治维新不过十多年，现代文学尚处于萌芽状态。1890年，森鸥外留德归国不久，便接连发表《舞姬》《泡沫记》《信使》等异域题材的短篇小说，令当时的读者耳目一新，开日本浪漫主义文学的先河。其评论和翻译，启蒙意义尤著，对日本文学的现代转型卓有建树，可以说是日本现代文学的奠基人之一。早在20世纪20年代，鲁迅先生即译过其《游戏》和《妄想》，此后半个多世纪，译界却少人问津，竟无一个译本行世，与夏目漱石的一书几译恰成相反的对照。森鸥外在我国遭受冷遇，并非由于他的小说写得不好，就连夏目漱石的门生、著名短篇大家芥川龙之介，都受到他的影响。个中原因，恐怕与森鸥外非同寻常的生平不无关系。

　　森鸥外，本名森林太郎，出身武士家庭，祖上历代都是藩主的侍医。自幼受武士道德教育，通习儒家经典。明治维新后他随父进京，1881年毕业于东京大学医学部，本想进文部省，却不得不按父母的旨意，就职于陆军部，在军医学校任教。三年后，奉命留德，研究卫生学。留学四年，在医学上得到深造的同时，西方的人文环境和先进的科学文化使他的眼界与胸襟也为之一变。他博闻强记，广泛涉猎欧美哲学、文学名著，研究叔本华、尼采等人的哲学思想，深受哈特曼美学理论的影响，为他后来搞文学、写评论奠定了坚实的基础。1888年回国，就职于军医学校，历任教官、校长、近卫师团军医部长、陆军军医总监，最后升任为陆军部医务局长。中日、日俄两役，森鸥外均奉命出征，到过我国东北、台湾。1916年辞去现役军职，翌年任官内省帝室博物馆总长，直至去世。

　　作为明治政府的高官，上层知识分子的代表，森鸥外的思想，既有进步的一面，也有守旧的局限。他自称是"留洋归来的保守派"，调和与妥协，是其处事原则。但是，西方的自由思想和民主精神，对他的影响很大，始终贯穿于他的创作中。自德国学成归来，有感于日本国内的落后闭塞，应时代的要求，森鸥外以"战斗的启蒙家"姿态，凭借他对西方哲学、美学、文学理论的深厚修养，在文化上进行全面的启蒙。他大量译介各类体裁的欧美文学作品，为当时的文坛提供多样的创作范例。所译安徒生的小说《即兴诗人》，曾获极高评价，被认为臻于翻译文学的极致。著名自然主义作家正宗白鸟年轻时读此译文，曾"喜极而泣"。森鸥外用自己的稿酬，创办评论刊物《栅草子》，旨在廓清当时文学批评理论上的混乱。与此同时，森鸥外也涉足创作，以自己留学期间的经历或见闻，用浪漫抒情的笔调，写成《舞姬》等短篇，显示出卓越的才华，赢得广泛的好评，产生深远的影响。

森鸥外的创作生涯不算长，前后不过十五六年。从1890年起，他陆续发表"留德三部曲"《舞姬》《泡沫记》《信使》。1894年以后，由于军务繁忙，有将近十五年未写什么小说。直到1909年，才重返文坛。重要作品有：《舞姬》《泡沫记》（1890）、《信使》（1891）、《性欲生活》（1909）、《杯子》《青年》《花子》《游戏》《沉默之塔》（1910）、《妄想》《雁》（1911）、《兴津弥五右卫门的遗书》（1912）、《阿部家族》（1913）、《山椒大夫》《鱼玄机》《最后一句话》（1915）、《高濑舟》《寒山拾得》和《涩江抽斋》（1916）等。因是业余写作，作品以中短篇为主。本书限于篇幅，只精选其中的四篇，俾读者能尝鼎一脔。

《舞姬》是森鸥外的处女作，也是成名作，被誉为日本近代浪漫主义文学开山之作。小说通过青年官吏丰太郎与德国女郎爱丽丝的爱情悲剧，表现丰太郎自我觉醒后，在强大的天皇专制政权与封建因袭势力的压制下，不得不与现实妥协的悲哀。题材是作者根据留德的一段经历演绎而成。1888年9月，森鸥外回国不久，即有一名也叫爱丽丝的德国女郎追踪而至。森鸥外慑于官僚机构的重压与封建家庭的专治，不能不考虑到日本的国情与森家的处境，让家人出面斡旋，德国女郎最终颓然而返。但谁又能知道森鸥外内心的创痛？所以，两年后发表的这篇小说，既是其真实情感的流露，也是作者的一种态度。虽然不能断言丰太郎即是作者本人，不过，在丰太郎的身上，确有作者的影子在。小说的结局是丰太郎牺牲爱情，走上求取功名之路，也是作家本人所做的选择。这固然反映了森鸥外思想的局限，但也应看到，以个人之渺小，处于当时那样的时代，如何能与强大的权力机构和封建的因袭势力相抗衡？森鸥外的女儿森茉莉曾说，父亲身上有一头狮子，意谓森鸥外有种叛逆精神。然而，那实在是头受伤的狮子。尽管鸥鸟一度外飞，越出国境，在异域的时空里，脱略无形的羁绊，放意肆志，高扬浪漫精神，可一旦回到日本的现实，却不得不屈服、隐忍，压抑自我。小说所表现的个性与封建家族、自我与权力机构的矛盾，实已超出功名与爱情的对立，凸现了日本现代化过程中，最根本也是最具普遍意义的问题。名作家佐藤春夫说得好，

《舞姬》写的是"封建的人转变为现代人的精神变革史"。

像这类表现个性解放的反封建主题，贯穿于日本文学现代化的始终，也是森鸥外创作的根本精神。随后发表的《泡沫记》（1890）与《信使》（1891），也属其留德生活系列小说，围绕同一主题——人的觉醒展开。作者以同情与赞美的笔调，塑造了两个具有独立精神与高贵品格的女主人公形象。《泡沫记》中的模特儿玛丽，尽管处境卑微，依然洁身自好，宁死也不肯委身于恶势力，始终维护她做人的尊严。《信使》中的伊达小姐，则喊出"我虽生为贵族之女，但我也是人"，抗议封建门阀牺牲爱情的婚姻制度。

三篇小说无一例外，都是悲剧结局：爱丽丝遭抛弃而发狂；玛丽溺水身亡，如同泡沫一般陨灭；伊达则毅然走进"只知理而不知情，等于是罗马教廷"的深宫，埋葬花样的年华。小说里氤氲着浓浓的悲凉意绪。由于题材取自作家的留学生活，分别以19世纪的柏林、慕尼黑和德雷斯顿为背景，展现出一幅绚丽多姿的异国风情。《舞姬》采用的是自白体，主人公内心的隐痛、愧疚和忏悔，曲达已尽；加之主题表现的是觉醒后的悲哀，通篇流溢着浪漫的感伤。《泡沫记》尤富于传奇色彩，慕尼黑周边的风景，写得如诗如画。而《信使》中所描摹的西方宫廷的豪华辉煌，更是绘声绘色。三岛由纪夫曾说："日本作家中，能有幸亲历欧洲宫廷生活和贵族社会的，森鸥外是第一人，也是最后一人。"至于小说的文体，森鸥外当年就《舞姬》自撰广告时，不无得意地称，"将优雅的日文，雄浑的汉文，以及精巧的西文，熔为一炉，开创一代新文风"，呈现出流丽典雅的风格。日本的浪漫主义文学，正是由森鸥外的这三篇小说开创的。

《雁》属于现代写实小说，虽然侧重不同，但也无不涉及个性独立、人的觉醒和对自由的向往。森鸥外重返文坛时，正值自然主义文学兴盛之际。出于对自然主义的反感，森鸥外另辟蹊径，写出一些与之不同的作品。

《雁》是森鸥外现代题材的中篇代表作。女主人公小玉，出身贫苦，一再受骗，成了人人痛恨的高利贷主的外室。她渐渐意识到自己的屈辱地位，朦胧有了人的觉醒，憧憬真正的人的生活，渴望摆脱屈辱的境遇。然而，"文明开化"并未带来妇女地位的改变，在封建残余仍旧强大，妇女没有起码的人权——警察能随意霸占穷人家的女儿，高利贷主可花钱买妾——的社会里，一个弱女子想求得自身的解放，谈何容易！于是，她将希望寄托于来往于窗外的大学生，暗暗爱上每天散步经过她家的医大学生冈田。然而，一个偶然事件，竟使唯一能表白爱情的机会擦肩而过，小玉的希望最终化为泡影。作者以细腻的笔触，刻画小玉内心微妙的变化和痴情，以大雁之死，象征她的薄命，对明治初年下层妇女的不幸，生为女人的悲哀，深表同情。尤其最后写小玉那双美目，满含深情和绝望，令人不胜唏嘘。是作者"留德三部曲"之后又一杰作，题材类乎西方文学中"不可能的爱"die unmögliche Liebe。就艺术性而言，《雁》或许是森鸥外成就最高的一篇作品。

森鸥外行医之余，博学于文，斐然成章，今以小说传其名。百余年来，《舞姬》《泡沫记》《信使》《雁》等篇章，无不表现了主人公在当时社会秩序束缚下，最终沦为封建势力牺牲品的悲哀，以及作者本人对于冲破封建束缚精神的赞许和渴望，在日本被奉为经典之作。通过本书所选的四篇作品，望读者能借一斑略知全豹，领略作者文采风流之余，更添一种读书之乐。

舞
姫

煤早就装上了船。在这间中等船舱里，只有电灯空自亮得耀眼，桌子四周一片寂寥。夜夜在此摸骨牌的人，今晚都住到旅馆里去了，船上只留下了我一人。

那是五年前的事了。我夙愿得偿，奉命出国，曾经路过这西贡码头。那时节，耳闻目睹的，无不使我感到新奇。每日信笔写下的游记文字，不下数千言，登在报上，颇得时人赞赏。如今回想起来，通篇都是幼稚的想法和狂妄的言语。不然，便把些寻常的草木金石、飞禽走兽，以至风俗人情，当作什么稀罕事儿，一一记了下来，足以贻笑大方。这次为了写日记，启程前也曾买了一个本子，可是，至今未着一字，仍是一个空本子。难道我在德国留学一番，竟变得对一切都无动于衷了吗？不，这其中另有缘故。

今日东返归国的我，确非当年西渡留学的我了。学业上固然远未达到令人满意的程度，但我却饱尝了世道艰辛，懂得了人心叵测，甚至连自己这颗心也变得反复无常，难以捉摸。即便把自己这种"昨是而今非"的刹那间感触写下来，又能拿给谁看呢！难道这就是我写不出日记的缘故吗？不，这其中另有缘故。

哦！轮船从意大利布林迪西港起航以来，已经有二十多天了。按理说，途中萍水相逢的旅客，相互可以慰藉旅途的寂寞，可是，我却借口略有不适，蛰居在客舱里，甚至和同行的旅伴都很少讲话，整日里为一桩旁人不知的恨事而苦恼。这件恨事，最初像一抹乌云掠过我的心头，使我既无心欣赏瑞士的山色，也不去留意意大利的古迹。嗣后竟至悲观厌世起来，感到人生无常。内心的惨痛令我终日回肠九转，现在已变成一片云翳，深深郁结在我的心头，不论是看书还是做事，这惨痛宛如影之随形，响之应声，勾起我无限的旧情，无时不在啃啮我这颗心。啊！此恨绵绵，究竟怎样才能消融？倘若是别种恨事，还可托之诗歌遣散胸中的郁闷。但是，唯有这件恨事却刻骨铭心，怎么也排遣不了。今晚四下无人，还要过很久才有侍者来熄灯，趁此时权且将这段恨事记叙下来吧。

我自幼受到严格的家教。虽然早年丧父，学业上却未曾荒疏。无论是在旧藩①的学馆，或是到东京上预科，即便进了法律系之后，我太田丰太郎的大名始终是名列前茅的。与我这个独子相依为命的寡母，大概感到很安慰了。十九岁上，我获得学士学位，人人都说，这是大学开办以来从未颁过的荣誉。后来，在某部任职，把

---

① 明治维新后，称江户时代（1600—1867）诸侯的领地为旧藩。

母亲从乡下接到东京，度过了三年的快乐时光。上司很器重我，派我出国考察业务。我心想，这正是扬名显姓、兴家立业的良机，于是劲头十足，即使抛别年过半百的母亲，也不觉有多大的离情别绪。就这样迢迢万里，背井离乡，来到了德国首都柏林。

我怀着模糊的功名心和勤勉的苦学精神，忽然置身于欧洲这座新兴的大都会——光怪陆离，令我眼花缭乱；五色缤纷，使我神摇意夺。这条"大道直如发"的Unter den Linden[①]，假如把街名译做"菩提树下"的话，会使人以为是个幽静的去处，但是，你一旦走到这里，就可以看到两旁石铺人行道上的仕女如云。那时候，威廉一世还时常会凭窗眺望街景；挺胸耸肩的军官穿着礼服；佩着彩饰；艳丽的少女照着巴黎的款式，打扮得花枝招展，一切的一切，无不令人瞠目结舌。形形色色的马车，在柏油路上往来如飞，高耸云霄的楼宇之间的空地上，喷水池溅起的水声宛如晴空里骤雨的淅沥。向远处望去，隔着勃兰登堡门，在绿树掩映下，可以望见凯旋塔上浮在半空的女神像。这许许多多景物，一时间纷至沓来，映入眼帘，使一个新来乍到的人感到应接不暇。但是，我在心里曾暗暗发誓："纵然身处怎样的花花世界，我的心绝不为它所动。"我常拿这一誓言来抵御外界的诱惑。

我拉响门铃，通名求见。出示公函说明来意之后，德国的官员很高兴地接待我，并且谈妥，只要公使馆方面手续办好，不论什么

---

① Unter den Linden：柏林菩提树大街，长 1475 米，宽 60 米，是欧洲著名的林荫大道。

事都可随时关照我。所幸我在国内学过德文和法文，他们初次见到我，没人不问我是在何时何地学的德文。

得到上级准许，公事之余，可以入当地大学进修政治学，我便办了注册手续。

过了一两个月，公事接洽完毕，考察工作也进展顺利，我把一应急件先写成报告寄回国内，非急件写好后也整理成几大卷待发。可是大学不像我想的那样幼稚，根本没有专为培养政治家而开设的课程。我踌躇再三，终于选定了两三位法学家的课。交过学费，便去听课了。

这样，三年的时光梦也似的过去了。人的秉性终难压抑，一旦时机成熟，总要露出头来。我一向恪守父亲的遗训，听从母亲的教诲。小时人家夸我是神童，也从不沾沾自喜，依旧好学不倦。即便后来涉足官场，上司称赞我能干，我便更加谨慎从事，从未意识到自己竟成为一个拨一拨动一动的机器人了。如今，在二十五岁上，经过大学里这种自由风气的渐渐熏陶，心中总难平静，潜藏在内心深处的真我，终于露出头来，好似在反抗往日那个虚伪的旧我。我恍然大悟，自己既不适于当叱咤风云的政治家，也不宜于做通晓法典、善于断狱的大法官。

我寻思道：母亲希望我当个活字典，上司则想把我造就成一个活法典。当活字典，还可勉为其难，做活法典，却是无法忍受的。从前，不论多么琐碎的问题，我都郑重其事地加以答复；近来，在寄给上司的函件里，竟高谈阔论什么不可拘泥于法制的细节，一旦领会法律的精神实质，虽万事纷纭仍可迎刃而解云云。在大学里，我早把法律课程置诸脑后，兴趣转到文史方面，并渐入佳境。

　　但是，上司是要把我造成供他颐指气使的工具，怎会喜欢一个具有独立思想、翘然不群的人呢？！所以，我当时处境便有些不稳。不过，光凭这一点还不至于动摇我的地位。在柏林的留学生中，有一群颇有势力的人物，我同他们关系素来欠佳。他们对我猜疑，竟至谗言诽谤，然而，这也并非事出无因。

　　我既不和他们一起喝啤酒，又不跟他们打台球。他们便说我顽固不化，道貌岸然。并且还嘲笑我，嫉妒我。其实，这一切都源于他们不了解我。唉，连我自己尚且不了解自己，别人又怎能了解呢？！我的心宛如一颗处女的心，又似合欢树上的叶儿，一碰到什么便要退缩躲闪。我自幼便遵从长者的教诲，不论求学还是供职，都非出于自己的本意。即便表面看来好像是靠毅力和苦学，其实那也是自欺欺人，我不过是跟着前人亦步亦趋而已。我之所以能清心寡欲，不受外界诱惑，并非因为有律己的勇气，只因我对外界感到恐惧，自己约束自己罢了。在出国离乡之前，我丝毫不怀疑自己是有为之士，也深信自己志气刚毅。唉唉，那真是此一时彼一时啊！轮船离开横滨时，一向自命为顶天立地的男子汉，竟然泪如泉涌，浸湿了一方手帕，连自己都觉得不可思议。然而，这倒正是我的本性。这种本性是生来如此的，还是因为早年丧父，在母亲一手培育下所造成的呢？

　　他们固然可以嘲弄我，至于嫉妒，嫉妒这样一颗脆弱而可怜的心，却是何其愚蠢！

看见浓妆艳抹的女人坐在咖啡馆门口招揽客人，我不敢过去和她们亲近。遇到头戴高礼帽、鼻架夹鼻眼镜、一口普鲁士贵族口音的"花花公子"，就更不敢同他们交往了。既然缺乏这种勇气，当然也就无法同我那些活跃的同胞往来。由于彼此疏远，他们对我不仅嘲笑、嫉妒，而且还夹杂着猜忌的成分。这正是使我蒙冤受屈，在短暂的时日里饱尝人间无限辛酸的因由。

一天傍晚，我在动物园散步，回珍宝街的寓所，走过菩提树下大街，来到修道院街的旧教堂前。每当我从灯火辉煌的大街走进这狭窄昏暗的小巷，便望见这座凹形的旧教堂。教堂对面是栋出租的公寓房子。楼上一户人家在栏杆上晾着床单、衬衣之类，还没有收进去；楼下是家小酒店，门口站着一个留长胡子的犹太教徒；楼房共有两座楼梯，一座直通楼上，另一座则通往地下室的铁匠家里。每当我仰望这座三百年前的旧教堂，不知有多少次，都会愣在那里，出神好一会儿。

那晚，我刚要走过那里，却看见上了锁的教堂大门上，倚着一位少女，在呜呜咽咽地抽泣。她看上去约莫十六七岁，头巾下面露出金黄色的秀发，衣着也还整洁。听到我的脚步声，她回过头来。我没有一支诗人的妙笔，无法形容她的容貌。她那泪光点点的长睫毛，覆盖着一双清澈如水、含愁似问的碧眼。不知怎的，她只这么一瞥，便穿透我的心底，矜持如我也不能不为她所动。

她必定遇到什么意外的不幸，才会无所顾忌地站在这里啼哭。

一缕爱怜之情，压倒了我的羞怯心。我不觉走上前去问道：

"你为什么哭啊？我是个外国人，没什么负担，或许能帮你点什么忙。"我简直为自己的大胆惊呆了。

她惊讶地凝望着我的黄种人面孔，大概是我的真情已经形之于色了。

"看来你是个好人，不像他那么坏，也不像我母亲……"

她刚止住的泪水，又顺着那惹人怜爱的面颊流了下来。

"请你救救我吧！免得我沦落到不堪的地步。母亲因为我不肯依她而打我。父亲刚刚过世，明天要下葬了，可是家里连一分钱也没有。"

说完便又哽咽啜泣。我的眼睛只是注视着这少女低头啜泣不住颤动的颈项。

"我送你回家吧。你先冷静下来。这儿人来人往，别人会听见你哭的。"

她刚才说话时，不知不觉将头靠到我的肩上，这时，忽然抬起头来，仿佛才看见我，羞涩地躲开了我。

她大概怕人看见，走得很快。我跟在她后面，走进教堂斜对面的大门。登上一座残破的石梯，到四楼有一扇小门，要弯了腰方能进得去。门上的拉手是用锈铁丝绞成的，少女用力拉了一下，里面有个老太婆嘎声问道："谁呀？"还没等少女说完"爱丽丝回来了"这句话，门就呼一下打开了。那老太婆头发已经半白，长相不算凶恶，额上刻下了贫苦辛酸的印记，身上穿一件旧绒衣，脚上是双脏拖鞋。爱丽丝向我点了点头，径自走进屋里。老太婆好像迫不及待似的使劲关上了门。

我茫然站在门外，无意中借着煤油灯光往门上看了一眼。上面用漆写着"艾伦斯特·魏盖尔特"，下面是"裁缝"二字。这大概就是少女亡父的名字了。我听见屋内似有争吵之声，过了一会儿又沉静下来，门又打开了。那个老太婆走了出来，为方才的失礼，向我再三道歉，并把我让进屋里。一进门就是厨房，右面有一扇低矮的窗户，上面挂着洗得雪白的麻布窗帘；左边是一个简陋的砖砌炉灶；正面一间房，门半开着，屋里摆着一张蒙着白布的床。床上躺的想必是那个死者了。老太婆打开炉灶旁边的一扇门，把我让了进去。这是间朝街的阁楼，没有天花板。梁木从屋顶斜着伸向窗子，棚顶糊着纸。在矮得抬不起头的地方放了一张床。屋子中央有张桌子，桌面铺着好看的台布，摆了一两本书和相册，瓷瓶里插着一束名贵的鲜花，和这间屋子不大相称。少女娇羞地站在桌旁。

她长得十分清丽。乳白色的脸庞在灯光映照下，微微泛红。手脚纤细，身材袅娜，绝不像一个穷苦人家的女儿。老太婆走出屋后，少女这才开口，语调带着土音：

"我把您带到这里来，请您谅解我的苦衷。您一定是个好人，请别见怪。我父亲明天就要安葬，本想去求肖姆贝尔希，您也许不认识他。他是维克多利亚剧院的老板，我在他那里已经工作了两年。本以为能救我们的急，不料他竟乘人之危，对我不怀好意。请您来救救我吧！哪怕我不吃饭，也要从微薄的薪金里省出钱来还您。要不然，我只好照母亲的意思办了。"说话之间，她已是泪眼模糊，浑身发颤。她抬眼看我时，十分迷人，令人不忍心拒绝她的要求。她这眼波，不知是有意的做作呢，抑或是天然的风韵？

我袋里只有两三个马克，这点钱当然无济于事，便摘下怀表放到桌上，说："先用这个救一下急吧。让当铺打发伙计到珍宝街三号，找太田取钱就行。"

少女显得又惊讶又感动的样子。我告辞时伸出手去，她竟吻着我的手，手背上溅满她点点的热泪。

噢，这真叫不是冤家不聚头啊！事后，少女亲自到我寓所来表示谢意。我终日枯坐在窗下读书，右有叔本华的著作，左是席勒的作品，现在又插上一枝名贵的鲜花。从那时起，我同少女的交往日渐频繁，连我的同胞也有所察觉，他们臆断我准是找舞女来寻欢作乐的。其实我们二人之间完全是白璧无瑕。

同胞当中有个好事之徒，此处不便说出他的名字，他竟在上司那里谗言诽谤，说我经常出入剧院，结交舞女。上司本来就认为我在学问上已经走入歧途，对我甚为不满，一听此说，便通知公使馆将我免官撤职。公使在传达命令时说，如果立即回国尚可发给路费，倘若羁留不走，将不予任何资助。我要求宽假一个星期，容我考虑。我这时正心烦意乱，又接到生平最令我悲痛的两封来信。两封信几乎是同时寄到的。一封是母亲的绝笔信；另一封是亲戚写来的，报告我挚爱恩慈的母亲过世的情形。母亲信中的内容，不忍复述，更且热泪涔涔，使我无法下笔。

直到此时，我与爱丽丝的交往，比起别人的想象要清白得多。因为家境清寒，她没有受到充分的教育，十五岁时便被招去跟随舞师学艺，从事这个低贱的职业。满师之后，就在维克多利亚剧院演出，现在已是剧院里第二名舞星。然而，正如诗人哈克廉德尔所说，舞蹈演员好比"当代的奴隶"，身世是很凄惨的。为了一点微薄的薪金，白天要练功，晚上要登台。走进化妆室，虽然浓妆艳抹，华饰盛服，一出了剧院，却常是衣食不周，至于那些要赡养父母的，更有说不尽的艰辛。所以，据说她们当中，不少人不得不沦落到兼操贱业的地步。爱丽丝之所以能够幸免，一方面固然由于她为人本分，同时也因为有刚强的父亲多方呵护。她自幼喜欢读书，但所看的书都是从租书铺租来的庸俗小说。我们相识之后，我借书给她看，她渐渐体会到读书的趣味，纠正错误的语音，没有多久，给我的信里，错字也减少了。说起来，我们之间的关系首先是师生间的情谊。当她听说我突然给撤职时，不觉大惊失色。但我没有告诉她，这事与她不无关系。她要我瞒着她母亲，怕她母亲知道我没有官费后，会疏远怠慢我。

唉，有些细节就不必在这里说了。就在这时，我对爱丽丝的感情突然炽热起来，终于变得难舍难分。尽管有人不理解我，甚至责备我，不该在一生中的紧要关头做下这种事。然而，我同爱丽丝相见之初，对她的爱情就是很深的。现在，她十分同情我的不幸遭遇，又因惜别在即而不胜悲戚地低垂了头。几缕秀发拂在脸颊上，是那么妩媚动人，深深印在我这深受刺激、不大正常、悲愤欲绝的脑海里，使我在迷离恍惚之中走到了这一步，又能奈何！

公使约定的日子快到了，我的命运也即将决定。如果就此回国，不但学无所成，还背了一个坏名声，此生不复有出头之日。倘若留下，学费又毫无着落。

当时，能够帮助我的，唯有现在与我同行的相泽谦吉。他在东京，当上了天方大臣的秘书官。在政府官报上，他看到我被撤职的消息，便向某报社总编提议，任用我为该社驻柏林通信记者，负责政治和文艺方面的报道。

报社的报酬虽然微不足道，可是我想，只要搬个家，换个便宜的餐馆，最低生活总可以维持。这时，诚心诚意来帮助我的便是爱丽丝。她极力劝说母亲，让我寄居在她们家里。爱丽丝和我不知从什么时候起，把微乎其微的收入合在一起，在穷困潦倒之中也度过了些愉快的时日。

每天早晨喝过咖啡，爱丽丝便去排练场，如果不排练就留在家里，我则到国王街一家门面很窄、进深却很长的休息所，浏览所有的报纸，用铅笔抄下各种资料。在这间借天窗采光的屋子里，有些是没有固定职业的年轻人，也有靠出借小额贷款优游度日的老人，还有一些是从交易所出来偷闲片刻的生意人。我和他们坐在一起，在冰凉的石桌上挥笔疾书，连年轻侍女送来的咖啡放冷了都顾不上喝。墙上并排挂了许多种报纸，全用木头报夹夹了起来。我一再过去换报纸，人家不知要怎样猜度呢！一点钟左右，爱丽丝从剧院排练回来，顺路到这里来找我一同回去。对这个体态轻盈、能作掌上舞的少女，必定会有人看了之后感到惊讶。

我的学业是荒废了。靠屋顶下一盏昏暗的灯光，爱丽丝从剧院回来后坐在椅子上做针线活，我在她旁边的桌子上写新闻稿。这和从前拼凑枯燥乏味的法律条文截然不同，现在是综合报道风云变幻的政界动向，以及有关文学美术界的新思潮等。我与其说是学皮约尔涅①，毋宁说是尽可能用海涅的构思方法，写出各种文章来。其中，德皇威廉一世和腓力特烈三世相继崩殂，新皇继位，俾斯麦侯爵的进退如何等问题，报道尤为详尽。所以，这一向忙碌不堪，根本无暇翻阅自己有限的藏书，更不要说温习功课了。大学学籍虽然还保留着，但因缴不出学费，所以尽管只选修一门功课，也难得去听上一回。

学业固然荒废了，却长了另外一种见识。何以见得呢？说来当时欧洲各国在民间学术的普及上，没有哪一个国家能赶得上德国。许多有见地的论文，散见于几百种报纸杂志上。自从当了通讯记者之后，以我在大学里培养出来的敏锐的眼光，通过这一向的大量阅读、抄写摘录，知识面不断拓宽，如今能够触类旁通，综合概括，达到了本国留学生所梦想不到的境界。他们当中甚至有人连德国报上的社论都不常看。

明治二十一年的冬天来到了。大街上的人行道，积雪已用铁锹铲除，铺上沙子。修道院街这一带路面上结了一层薄冰，高高低低

---

① 皮约尔涅（Ludwig Börne，1786—1837）：德国作家，青年德意志派成员。受德国政府压迫，避居法国。曾同海涅进行过论争。

已经看不出。清早一开门，冻死的麻雀散落地上，看着叫人觉得可怜。屋内尽管生火取暖，可是北欧的寒气依然透过石墙，渗过棉衣浸入体肤，实在令人难以忍受。前二三天的夜里，爱丽丝晕倒在舞台上，由别人扶回家来。从那以后，她说不舒服，在家休息，吃了东西便想吐。还是爱丽丝的母亲首先想到，她是不是怀孕了？唉，正当我前途渺茫、一身无着之际，果真这样，叫我怎么办呢？

这天是星期日，我待在家里，心情抑郁寡欢。爱丽丝还不至于要卧床，她坐在小火炉边一把椅子上，一声也不响。这时，外面有人叩门，不大一会儿，爱丽丝的母亲从厨房里进来，交给我一封信。信上的字体很熟悉，一看就知道是相泽的笔迹。贴的是德国邮票，盖着柏林的邮戳。我有些纳闷，拆开一看，里面写道："事出仓促，未及函告。我随天方大臣已于昨夜抵达柏林。大臣拟召见你，望速来。实恢复名誉之良机。匆匆，不赘。"爱丽丝见我看完信，神情茫然，便问："是家乡来的信吗？不会是什么坏消息吧？"她大概以为又是报社关于稿酬的事。"不是，别担心。你知道，那个相泽陪着大臣到了柏林，叫我去一趟。事情很急，要我马上去。"

即便是母亲打发心爱的独子出门，恐怕也不及爱丽丝如此妥帖周到。考虑到我要谒见大臣，她便扶病起来，给我找了一件雪白的衬衫，拿出一向保存得好好的二排对扣的大礼服，连领带也是她亲手给我系的。

"这样一来谁能说你不体面！你照照我的镜子看！怎么一脸不

14

高兴的样子？连我都想跟着你去见识见识呢。"接着她庄重说道："不像了，换上这身衣服，简直认不出我的丰太郎了。"她沉吟了一下又说："倘若你有飞黄腾达的一天，即使我的病不是母亲说的那种，你也不会遗弃我吧？"

"什么？飞黄腾达？"我苦笑了笑，"几年来我已经绝了涉足官场的念头。我并非想去见大臣，只是想看看阔别几年的朋友罢了。"爱丽丝的母亲叫来一辆最好的马车，车轮轧碾过积雪的大街，停在窗下。我戴好手套，披上不十分干净的大衣，拿起帽子，同爱丽丝吻别之后，便走下楼去。她打开结了冰的窗户，任凭北风拂弄她蓬乱的头发，目送我乘上马车离去。

我在皇家饭店门口下了车。向侍者问清相泽秘书官的房间号码，踏上很久没有走过的大理石楼梯。我先走进衣帽间，中间的柱子旁边摆着铺了长毛绒的沙发，正面竖着穿衣镜，我脱下大衣，然后沿着走廊走到相泽的房门口。我不禁有些犹豫：在大学读书时，相泽曾极口称赞我品行端正，今天相见，不知他会用怎样的目光来看我？走进房间一见面，相泽外表虽然比从前略胖，更显魁伟，但性情依然豪爽。对我的有失检点似乎并不怎么介意。彼此来不及畅叙别情，他便引我去谒见大臣。要我办的事，其实就是翻译一份德文紧急文件。我接过文件，退出大臣房间，相泽也随后出来，邀我一起去吃午饭。

在饭桌上，多半是他问我答。因为他生平一帆风顺，而我却是命运多蹇。

我开诚布公，诉说我所遭遇的不幸，相泽听了不时感到惊讶，不仅没有责备我的意思，反而斥责那班庸俗小人。等我讲完，他正色规劝了我一番。大致意思是：这些事之所以发生，是因为你天性懦弱之故，事到如今，说也无济于事。然而，一个才学兼备的人，岂能为一个少女的爱情，毫无目的地长此以往！目前天方伯爵有意要借重你的德语。他知道你当时被革职的原因，已有先入之见，我也不便劝他改变看法。伯爵要是看出我在维护你，不仅于你无益，对我自己也不利。推荐一个人，最好是先露其才。你当以自己的才干取信于大臣。再者，你同那少女的关系，即使她对你真心实意，彼此情深意浓，这样的爱情也绝非出于慕才，实则上是男女之间的情好而已。你应当痛下决心，同她断绝这层关系。

仿佛是大海上迷失方向的人，望见了远山，相泽给我指明了前景。然而，这远山尚在浓雾之中，究竟何时方能到达？再者，即使到达了，我是否就能心满意足，也难逆料。眼前生活虽然清苦，却也不无乐趣，爱丽丝的爱情也使我割舍不得。我这颗软弱的心，一时竟拿不定主意，姑且听从朋友的劝告，答应他斩断这段情缘。同我敌对的一切，我为了不失身份，还常常能抵挡一番，然而，对于朋友，我却说不出一个"不"字来。

我告辞出来，寒风扑面。旅馆的餐厅里，关着双层玻璃窗，又生着陶制火炉，一走出来，下午四时的寒气，透过单薄的大衣，袭在身上，实在难以禁受，不但身上起了鸡皮疙瘩，连心里也感到一层寒意。

一夜之间，我便把文件译完。此后，到皇家饭店去的次数多起来。起初，大臣只同我谈公事，后来便提到国内发生的一些事情，听听我的见解，偶尔也讲些旅途上人家闹的笑话，说罢哈哈大笑。

大约过了一个月，有一天，大臣突然问我："我明天要去俄国，你能随我去一趟吗？"因为相泽公务繁忙，已经几天没有见到他。这一问，我不免感到意外，随即答道："敢不从命？"说来惭愧，我这回答，并非出于当机立断。凡是我所信任的人猝然间问我什么事时，我往往不假思索就应承下来，而不去推究该如何回答才算得体。一经允诺，即便发现有为难之处，也只好勉为其难，硬着头皮去履行自己的诺言。

当天我领了旅费和译稿费回家。把译稿费交给爱丽丝，这笔钱足够她们维持到我从俄国回来。爱丽丝告诉我，经过医生检查，她确是怀了孕。因为有贫血，需要休养几个月。可是剧院老板说，她请假太久，已经被开除，其实，她才请了一个月假。对她这样苛刻，自有别的原因。我去旅行的事，爱丽丝并无烦恼的表示，因为她对我的情意是深信不疑的。

这次乘火车出门，路途不算远，所以无须太多准备。只借了一套合身的黑礼服，新买一本哥达版的俄国宫廷贵族名录和两三本字典，届时收进一只小皮箱里就行了。近来接二连三的事很多，我走之后，爱丽丝留在家里会更加烦闷，尤其怕她到车站送行时会哭哭啼啼，所以第二天清早便打发她母亲陪她上朋友家去。我收拾好行装，锁上门，把钥匙存在鞋铺老板那里便动身走了。

关于这次俄国之行，该说些什么呢？我作为翻译，居然青云直上。随同大臣一行在彼得堡逗留期间，环绕我的，是冰雪世界中的王宫效仿巴黎的绝顶豪华而呈现的富丽堂皇；是蜡烛成阵，在烛光灯影里闪闪发光的勋章和肩饰；是在精工雕刻的壁炉里燃着熊熊火焰，宫女们忘记屋外寒冷的轻摇扇羽。一行人中，数我法语说得最流利，所以在宾主之间，周旋办事的也大抵是我。

在这期间，我并没有忘掉爱丽丝。不，她天天寄信来，我怎能忘记她呢？我动身那天，她怕独对孤灯，寂寞难挨，所以在朋友那里直谈到夜深人倦，回到家里，倒头便睡了。第二天清早醒来，只剩下孤零零一个人，还疑是身在梦中。起床后那份孤凄的意绪，即便在生活艰难、饔飧不继的日子里也是不曾有过的。这是爱丽丝第一封信的大致内容。

过些日子寄来的另一封信，大概是在极为悲苦的心情中写的。信是用一个"不"字开头的：不，直到现在我才明白，我思念你的心竟是如此之深！你曾说过，家乡早已没有亲人，只要在这里能够找到生活出路，就可以留下来。而我也要用我的爱情把你拴住。倘若这一切仍然留你不住，你一定要回国的话，我和母亲就跟你一起去，这也不难，只是偌大一笔旅费到哪儿去筹措呢？所以，我常常想，无论如何，我也要设法在这里活下去，直等到你有出头之日。可是，你这次短期旅行，刚离开二十来天，我这种离愁别绪就已经一天深似一天了。我原以为分离只是一时的痛苦，这想法真是好不糊涂。我的身子越来越不便了，看在这个份上，不管发生什么事，你千万不能抛弃我啊！我和母亲曾经大吵一场，她看我这次打定主意，不同往常，便也软下心来。她说，如果我跟你东去日本，她便住到什切青的乡下，去投靠一位远亲。来信说你深得大臣器重，既然如此，我的路费总有办法可想吧。我现在只是心心念念盼着你回到柏林的那一天。

啊！看了这封信，我对自己的处境，才若有所悟。我的心竟这样迟钝麻木，真是羞煞人！无论对自己的进退，抑或是别人不相干的事，我一向自负很有决断。可是这种决断，只产生于顺境之中，而不存在于逆境之时。我心中洞明事理的这块明镜，一旦照到自己同别人的关系，便一片模糊了。

大臣待我不薄。而我目光短浅，只看到自己应尽的职责，至于这一切同我的未来有何关系，天晓得，我可是想都没想过。这一切，现在既已明了，心情哪里还能平静呢？当初朋友推荐我的时候，要博得大臣信任，难如要得到房上的小鸟一样不可企及，现在似乎已稍有把握。日前相泽在言谈之中，也曾露出一点口风，回国之后彼此倘能继续如此相处云云。难道大臣曾经言及此意，只因碍于公事，哪怕是知交好友，相泽也不便向我明言么？如今细想起来，我曾经轻率地说过，要同爱丽丝斩断情丝，这话他大概早已报告给大臣了。

唉！初到德国之时，自以为认清了自己，誓不再做拨一拨动一动的机器人。然而，这岂不像一只缚住双脚的小鸟，放出笼子，暂时还能扑打双翅飞翔，便自诩为获得自由？脚下的绳索已经无法解脱，以前这绳索握在某部我的上司，如今，唉，说来可怜，又握在天方大臣手中。我同大臣一行回到柏林，正是新年元旦。在车站分手后，我驱车直奔家里。当地至今还有除夕彻夜不眠、元旦白天睡觉的习惯，所以街上万户寂然。天气劲寒，路旁的积雪化成棱角突兀的冰片，在灿烂的阳光下晶莹发光。马车拐进修道院街，停在家门口。这时听见有开窗的声音，我在车里却望不见。我让车夫提着皮箱，刚要上楼，劈面遇见爱丽丝跑下楼来。她大叫一声，一把搂住我的脖子。车夫看了一愣，大胡子动了动，不知咕哝了句什么。

"这下好了，你可回来了！再不回来，我都要想死了！"

直到此时，我的心一直游移不定，思乡之情和功名之心，时而压过儿女之情占了上风。唯独在这一瞬间，一切踌躇犹豫全都抛诸九霄云外，我拥抱着爱丽丝，她的头靠在我的肩上，喜悦的泪水扑簌簌地落在我的肩头。

"送到几楼？"车夫像打锣似的喊了一声，早已上了楼梯。

爱丽丝的母亲迎了出来，我把车钱交给车夫，爱丽丝便拉着我的手，急忙走进屋里。一眼看去，不觉吃了一惊。桌子上摆了一堆白布和白花边之类的东西。

爱丽丝指着这堆东西笑着说："你瞧我准备得怎么样？"说着又拿起一块白布来，原来是一副襁褓，"你想想看，我心里该多高兴。生下来的孩子准会像你，有一对黑眼珠。哦，我连梦里都看见你这对黑眼珠。孩子生下来以后，你这好心人，绝不至于不叫他跟你姓吧？"爱丽丝低下了头。"你不要笑我幼稚，等到上教堂去领洗礼的那天该多高兴啊！"她抬起头望着我，眼睛里噙满了泪水。

这两三天里，我揣想大臣一路上车马劳顿，恐怕还未恢复，也就没有前去拜访，只得待在家里。一天傍晚，大臣派人来召请我。到了那里，大臣对我优礼相加，问过旅途辛苦之后，便说道："你是否愿意随我一起回国？你学问如何，我虽不清楚，但仅凭外语一项，便足可称职。你在此耽搁日久，也许会有什么牵累，不过我问过相泽，听说倒没有什么，我也就放了心。"大臣的语气神色，简直不容我有辞谢的余地。我进退维谷，也不便说相泽的话不确，而且心中掠过一个念头：机不可失，要不然，就会失掉回国的机会，断绝挽回名誉的途径，势必将葬身于这座欧洲大城市的茫茫人海之中。啊，我的心竟是这样的没有操守！我居然回答说："悉听阁下吩咐。"

纵然我有铁皮厚脸，回去见到爱丽丝又将如何开口？从旅馆出来，我的心绪纷乱已极。不辨东西南北，只顾回思凝想。一路走去，不知有多少次遭到马车夫的呵斥，吃惊之下才慌忙躲开。过了好一会儿，猛然一看，已经到了动物园。我倒在路边的长椅上，头靠在椅背上，热得发烫，如同锤子敲打似的嗡嗡直响。这样像死去一般，不知待了多久。当我感到严寒彻骨，醒过来时，天已入夜。雪花纷飞，帽檐和大衣肩上，已经积起一寸多厚的雪。

大约已经过了十一点了。通往莫哈比特和卡尔街的铁道的铁轨已被大雪盖没，勃兰登堡门旁的煤气灯光雾凄迷。我想站起身来，两腿却已冻僵，用手揉搓了一阵，这才勉强能行走。

我步履蹒跚，走到修道院街时，似乎已过午夜。这一段路究竟是怎样走过来的，我自己也茫无所知。一月上旬的夜晚，菩提树下大街上的酒家饭店，家家顾客盈门，好不热闹，而我却全然不觉。满脑子就这么一个念头：我是一个不可饶恕的罪人。

　　在四层的顶楼里，爱丽丝大概还未睡下。一星灯火灿然穿过夜空，在漫天飞舞的鹅毛大雪中乍隐乍现，宛如被朔风吹得忽明忽灭。进了大门，我觉得疲惫不堪，浑身的关节疼痛难忍，爬也似的上了楼。走过厨房，开门进到屋里，在桌旁缝制襁褓的爱丽丝回过头来，"啊哟！"她惨叫一声，"你怎么啦？瞧你这一身！"

　　难怪她要吃惊，我的脸色像死人一样惨白，帽子也不知何时失落了，头发散乱。路上不知跌了多少跤，衣服上沾满泥雪，还撕破了好几处。

　　记得当时我想答话，却又语不成声，两腿瑟瑟发抖，站立不稳，刚想抓住椅子，便一头栽倒在地上。

　　等我神志清醒过来，已经是几个星期之后的事了。病中的我发高烧，说谵语，爱丽丝一直小心地服侍在侧。一天，相泽过来找我，发现了我向他隐瞒的这些真情。他只告诉大臣说我病了，其他情况全替我掩饰过去了。我第一次认出守在病床旁的爱丽丝时，她已经变得不成样子，我看了简直大吃一惊。这几个星期里，她瘦得形销骨立，眼睛里布满血丝，凹了进去，灰白的脸颊也陷得很深。每日的生计虽有相泽接济得以维持，然而，这个恩人却在精神上把

22

她毁了。

后来听说，爱丽丝见到相泽，得知我对相泽的前约，以及那晚对大臣的许诺，便霍地从椅子上站起，面如土色，叫道："我的丰太郎，你竟把我欺骗到这种地步！"当场昏了过去。相泽把她母亲喊来，抬她上床。过了片刻，才苏醒过来，两眼直瞪瞪的，连人也不认得了。她喊着我的名字大骂，又揪头发，又咬被子，忽而又像想起什么似的找东西。她把母亲递给她的东西一件件全扔掉，可是递给她桌上的襁褓时，她轻轻摩挲着，捂在脸上，痛哭不已。

后来，爱丽丝虽然没有再闹，精神上却完全垮了，痴呆呆的，如同婴儿。经医生检查，说是由于极度刺激而突然引起的一种妄想症，已无治愈之望。本想送她进达尔道夫精神病院，她哭着叫着不肯去。嗣后，一直随身带着那副襁褓，不时拿出来看看，看着看着便啜泣起来。爱丽丝不肯离开我的病床，看来这不是有意识的行为。有时忽然像想起什么似的，对我嚷着："吃药，吃药。"

我的病已经痊愈。不知有多少次，我抱着虽生犹死的爱丽丝，流下无数热泪。我随大臣启程东归之前，经与相泽商妥，给爱丽丝的母亲留下一笔赡养费，足够她们维持起码的生活，并托她在这可怜的疯女临产时好生照料一切。

唉！像相泽谦吉这样的良朋益友，世上少有；可是，在我心里，对他至今仍留着一脉恨恨之意。

泡沫记

上

几头雄狮拉的车上，站着巴伐利亚女神的雕像，英姿挺拔，听说是先王路德维希一世命人置于凯旋门上的。其下方，沿着路德维希大街向左拐去，有一处高大的屋宇，是用特兰托大理石垒成的，这儿就是巴伐利亚首府著名的景观美术学校。校长皮罗蒂，闻名遐迩。德意志帝国的艺术家自不用说，来自希腊、丹麦、意大利等地的画家、雕塑家，亦不计其数。下课之后，他们便进学校对面的密涅娃咖啡馆，饮酒喝咖啡，各自消遣聊天。今夜，煤气灯光映在半开的窗上，室内欢声笑语飘溢户外。这时，拐角处过来两个人。

走在前面的一个，褐发蓬乱，自己却毫不在意，宽大的领结歪在一边，不论谁都能够看出，这是美术学校的学生。他停下脚步，对身后黑皮肤的小个子男人说道："就是这里。"然后推开门。

扑面而来的，是室内弥漫的香烟气味。乍进屋，眼睛一时无从

26

辨认屋内的人。虽说夕阳已经西下，但热气不减，一应窗子全部敞开着，身处烟雾中的人，倒已习惯了。"这不是艾克斯特吗？几时回来的？""居然还活着！"只听见他们七嘴八舌纷纷打招呼，艾克斯特想必同在座诸公是熟人。这时，周围的客人怀着好奇打量他身后的人。被盯着瞧的人，也许觉得待客无礼，遂蹙起眉头，但随即转念微露笑意，把满座的客人扫视一番。

他从德雷斯顿来，刚下火车。咖啡馆内的景象处处不同，很吸引他的注意。屋内摆着几张大理石圆桌，铺着白桌布的桌上杯盘狼藉；没铺桌布的桌上，客人面前摆着陶瓷酒杯，杯子是圆筒形，有四五个小酒盅那么大，柄呈弓形，上面盖着带合页的金属盖；未坐客人的桌子上，一色扣放着咖啡杯，杯子底上置一小碟，内放几块方糖。

客人的装束、谈吐，各不相同，但不修边幅是一致的。不过，并不显得卑俗，不愧是从艺之辈。其中最热闹的是屋中央大台子上的一伙人，别的桌子净是男客，唯独这张台子上有位少女。见到随艾克斯特进来的人，打了一个照面，两人不禁都有些讶异。

这伙人中，刚来的人可谓稀客。而少女的芳姿，也足以令来客动容。外貌看上去不过十七八，戴一顶没有饰物的宽檐帽子，面庞宛如古典的维纳斯雕像，举止有一种高贵之处，绝不像泛泛之辈。艾克斯特在邻座一位客人肩上拍了一下，不知在说什么。这时候，少女含笑邀请道："这儿没有一个能说点趣事的人。这样一来，不打牌，便去打台球了，说不定还想看点无聊的玩意儿。能不能同贵客一起过这边来？"清冷的声音，令刚来的客人侧耳细听。

"承蒙玛丽小姐邀请，敢不从命！诸位，请听我介绍：这位画家——巨势先生，来自遥远的日本，今日来此，是想成为'密涅娃'的一员。"经艾克斯特的介绍，随同前来的男子走上前去向大家点头致意。起身自报姓名的，都是外国人。不过，坐着回礼的，也算不上失敬，这应看作是他们的习惯。

艾克斯特接着说道："诸位朋友，我是回德雷斯顿省亲。在那儿的美术馆，认识了巨势先生，遂成朋友。这次，巨势先生说要来美术学校作短暂逗留，动身时，我便随他一起也踏上了归途。"

大家纷纷向巨势表示，为结识他这位远方来客而感到由衷高兴，并接二连三地问道，"在大学里时常能见到贵国学人，但在美术学校，阁下还是头一位。今天初来乍到，绘画馆和美术会的画廊恐怕还未及参观。但根据在别处所见，您对德意志南方绘画，有何高见？""此来的目的是什么？"

玛丽连忙拦住道："停停，停停。大家同时发问，怎不想想，叫巨势先生多为难呀！请安静，这样人家才好回答。"

"女主人好严厉呀。"大家笑道。

巨势的语调稍有不同，但德语说得相当流利。"我到慕尼黑来，这不是第一次。六年前去萨克森，曾经路过此地。当时只顾看绘画馆里陈列的画，未能结交学校的各位同仁。因为离开故国时，目的地是前往德雷斯顿的美术馆，心里急盼尽快赶到那里。今天，旧地重游，得识各位，这个缘分，其实早在当年便结下了。

"说这些幼稚的话，请各位不要见笑。上次来，正是狂欢节那天，天气晴朗。我从绘画馆出来，已是雪后初晴，路旁的树枝披上一层薄冰，与刚刚点上的路灯交相辉映。成群结队的人，身着奇装异服，戴着白的、黑的面具，往来不绝。各处的窗上都搭着毛毯，以便人靠着观景。我走进卡尔大街上的洛丽安咖啡馆，人人都经化妆，个个别出心裁，争奇斗艳，其中也有穿家常便服的人。他们在等'科罗肖姆'舞或是'维多利亚'舞开场。"

说到这里，胸前围着白围裙的女侍，两手各握着四五只大酒杯的杯柄，杯里盛着满满的啤酒，晃晃荡荡翻着泡沫。"想等着开一桶新的，便耽误了一会儿，请原谅。"一一递给已经喝完一杯的客人。"这儿来，这儿来！"少女将女侍招呼过来，给手中尚无啤酒的巨势面前也放了一杯。巨势呷了一口，继续说道：

"我在角落里一条长凳上坐下来，看着这热闹的景象。这时，门开了，进来了一个卖栗子的意大利少年，年纪十五岁上下，邋里邋遢。挎着的盒子里，堆满装在纸袋里的炒栗子。'先生，买栗子吗？'大声吆喝着。随之进来的，是一个十二三岁的少女。旧帽子深深戴在头上，顶端垂在脑后，冻红的两手捧着镂空的竹篮。竹篮里衬了几层常绿的叶子，上面摆着几束不合时令的紫罗兰，一束束包扎得十分可爱。'买花吗？'少女抬起头叫卖，声音清纯悦耳，至今难忘。少年和少女，不像是一起的，那少女也不像是等少年进门才趁机进来的。

"这两人情形各异，一眼就能看出。那个不像人样，甚至有点可厌的卖栗子少年，同温柔可爱的卖花少女，各自在人群中穿来穿去。走到座位中间，收银台前，有位大学生模样的男子在那里歇着，带来的一只英国种大狗一直趴在地上，这时狗站了起来，塌下腰，伸开四爪，把鼻子伸进栗子盒里。少年见状连忙赶狗，狗吓得直往后退，正好撞上走过来的少女，'哎呀！'一惊，手中的花篮掉在地上。美丽的紫罗兰花束，散落四处，花茎上包的锡纸，晶光闪亮，狗仿佛得到了什么可意的东西，又踩又咬。屋里炉火很热，鞋上的雪融化开来，流了一地板。周围的人，有的笑，有的骂，而落花凋零，委于尘土。卖栗子的少年抬脚溜了出去。学生模样的男人，打着哈欠叱责他的狗。少女看着地上的花发呆，她没有啜泣，莫非是因为惯于愁苦，已哭干了眼泪？还是惊得不知所措，没有想到一日的生计化为泡影了呢？过了一会儿，少女有气无力地拾起余下的两三束花。这工夫，老板得到收款女人的通知走了出来，他是个脸膛红红、大腹便便的男人，围着白围裙，粗大的拳头叉在腰上，瞪着卖花少女，吼道：'我这儿有规矩，不允许骗子之类的在店里卖东西。快滚！'少女无言地走了出去，满屋的人冷眼相看，竟没有一滴同情之泪。

"我将几枚硬币扔在收银台的石板上，付过咖啡钱便拿起外套出了门。一看卖花少女正孤零零地边走边抽泣，喊她也不应。我追了上去：'喂，好孩子，紫罗兰的钱，我来付吧。'听我这样说，她才抬起头。那姣美的脸庞，深蓝的眸子，蕴含着无限的忧愁，只要看上一眼，便叫人断肠。我把袋中的七八个马克尽数放在篮子中的叶片上。她惊讶得还没张口，我便转身走开了。那姣美的面庞，那一双眸子，时时闪现在我眼前，永远不再消逝。到了德雷斯顿，许可我在画廊里临摹，奇怪的是，面对维纳斯、勒达、圣母、海伦这些画像，卖花少女的面庞总是雾一般遮在画像面前。这样，我对自己艺事的长进，毫无信心，整日蛰居在旅馆楼上，简直要把皮长椅坐出窟窿来。一天，我忽生勇猛之心，要竭尽全力使卖花少女传之不朽。我所见到的卖花少女的眼神，并非眺望春潮的喜悦之色，也非望断暮云的如梦之心，与身处意大利的古迹间，有白鸽飞舞的情境也不相称。在我的想象中，应让那少女置身于莱茵河畔的岩石上，手抚琴弦，哀歌一曲。下面流水滔滔，我架起一叶小舟，向她高高举起双手，脸上流露出无限的爱意。无数的水中精灵和女妖围着小舟，出没于波浪之间，揶揄嘲笑我这痴汉。今天，来到慕尼黑首府，暂借美术学校的画廊，拿出行李中这唯一的画稿，请求各位师友评判，以期完成这幅画作。"

巨势不知不觉说了许多话，说完，他那蒙古人般细长的眼睛炯炯发亮。有两三个人喊道："说得好！"艾克斯特听他说完，淡淡一笑道："各位届时请赏光去看画，一个礼拜后，巨势的画室便能准备就绪。"玛丽听到一半，脸色就变了，一双眼睛紧盯着巨势的嘴巴，手上的酒杯有一阵曾微微发颤。巨势一进门即感惊讶，玛丽与那卖花少女何曾相似，她听得入了迷，望着自己的那眼神，毫无疑问就是她，难道说是自己的想象作怪？故事讲完后，少女凝视着巨势，问道："那卖花的，后来您再也没见到吗？"巨势似乎一时答不上来："没有。遇见她的当晚，我便乘火车去了德雷斯顿。倘若您不怪我语言冒犯，便实言相告。我的卖花少女，拙作'罗勒莱'，以后您会看到，毫无疑问，画的正是您。"

众人大声笑了起来。"我并不是画中的人。我觉得，同您之间，隔着那个卖花少女。您以为我是谁？"说着少女站起身，半认真半调侃，用熟悉的声音说道，"我就是那个卖紫罗兰的，对您的情义，愿以此回报。"少女隔着桌子，伸手捧住巨势低垂的头，在他额上亲了一吻。

这阵乱哄哄之际，少女碰翻了面前的酒杯，溅湿了衣裳，酒洒在桌上，蛇爬似的逶迤流向每个人面前。巨势觉得有一对滚烫的手心，捂在自己两耳上，没等他惊觉，比手更热的双唇贴上了他额头。"不要叫我的朋友昏过去呀！"艾克斯特喊道。有一半人从椅子上站起来，一看客说："真是非同寻常的好把戏。"另一人笑道："我们倒成了没娘儿了，可叹可气。"其他桌上的人也饶有兴味地瞧着热闹。

坐在少女旁边的人说道："也该照顾照顾在下嘛。"伸出右手搂住少女的腰肢。少女喊道："哎哟哟，好没教养的没娘儿！对于你们，这才是最适合的亲吻！"少女大声说道，挣脱开站了起来，一双美目，仿佛要射出电光，傲然藐视一座的客人。巨势只是目瞪口呆，看着眼前的情景。此时的少女，既不像卖紫罗兰的小女孩，也不像他的"罗勒莱"，却正是凯旋门上的巴伐利亚女神。

不知是谁喝完咖啡后要的一杯水，少女拿起来喝了一口，噗地喷了出去。"没娘儿呀，没娘儿！你们哪个不是艺术的没娘儿。学翡冷翠画派的，成了米开朗琪罗、达·芬奇的幽灵；学荷兰画派的，变成鲁本斯、范·迪克的幽灵；即使是学我国的阿尔布莱希特·丢勒的，也很少不是他的幽灵的。美术馆里挂上两三张习作，一旦卖出个好价钱，第二天早上便自诩'七星''十杰''十二圣人'，自吹自擂。如此一群残渣废物，怎能让密涅娃的樱唇挨上呢！我以这冰冷的一吻，让你们满足去吧。"

喷出水雾后的这番说辞，巨势虽不甚清楚所指何事，但也能猜出是讥讽时下的绘画。他凝望着少女的面庞，觉得她像巴伐利亚女神一样，其威仪毫不逊色。说完，少女拿起桌上给酒沾湿的手套，大步走了出去。

大家极其扫兴，一人骂她"疯子"，另一人则说："迟早非报复你不可。"少女走到门口回头道："何必生那么大的气！趁着月光好好瞧瞧，你额头上并没有血，因为我喷的，不过是水罢了。"

中

怪少女走后不久，大家也纷纷散去。归途上，巨势向艾克斯特打听，艾克斯特回答说："是美术学校的一个模特儿，叫汉斯小姐。正如你看到的那样，举止有些乖张，所以叫她'疯子'。因与其他的模特儿不同，不肯裸露身体，故而怀疑她是不是有缺陷。她的来历没人知道，但很有教养，气度不凡。未见有什么不端的行为，许多人都愿同她来往。长得实在是漂亮，这你是看到的。"

巨势有说："我画画倒正用得着。等画室收拾好那天，请通知她光临一下。"

艾克斯特答应道："知道了。不过她已非十三岁的卖花小女孩，要研究裸体，不觉得危险吗？"

巨势说："你方才说过，她不做裸模。"

艾克斯特说道："诚如所言。不过，同男人接吻，今天倒是初次见到。"

听了艾克斯特这句话，巨势的脸一下红了起来。也许是席勒纪念碑附近，路灯昏暗，他朋友没看出来。到了巨势下榻的旅馆前，两人分手作别。

大约一星期后，在艾克斯特的周旋下，美术学校借了一间画室给巨势。南面是走廊，北面有一扇大玻璃窗，占去半面墙，同旁边的画室仅用一道帐幔隔开。时当阴历六月半，学生大多旅行未归，所以隔壁无人，不必担心别人打扰，倒还差强人意。巨势站在画架前，指着他画的"罗勒莱"，对刚进画室的少女说道："您问的，就是这幅画。虽然您觉得可笑，但就在您嘲笑的时候，您的神态同这幅未完成的人物，却极其相似，尽管您不那么认为。"

少女大声笑了起来。"请别忘了，那天晚上您说过，'罗勒莱'的原型，卖紫罗兰的，不就是我吗？"随即敛容正色道，"您不相信我，却也难怪。他们都叫我疯子，恐怕您也这么认为。"听她的话，倒没有戏谑的成分。

巨势半信半疑，忍不住对少女说道："别再折磨人了。我额上至今还感到您热烈的一吻。虽然认为那仅是瞬间的儿戏，不知有多少次想尽量去忘掉，可是，心里的疑团，始终解不开。唉，请您说说您真实的身份吧，不要让我再痛苦下去了。"

窗下的小几上，堆着刚从行李里取出来的旧画报，没用完的油画颜料管和留在粗糙的烟斗上的香烟头。巨势靠在茶几上支腮静听，少女坐在对面的藤椅上，款款说道：

"该从哪儿说起呢？在这所学校，拿到模特儿执照时，我用的姓是汉斯，那不是我的真姓。我的父亲叫施坦因巴赫，是名重一时的画家，曾受当今国王的赏识。我十二岁那年，王宫冬季举行晚会，父母都受到邀请。晚会快结束时，国王不见了。人人感到惊讶，便在热带植物茂盛的玻璃暖房里到处寻找。园子的一角，是著名的'浮士德与少女'雕像——坦达尔基尼斯的杰作。父亲找到那儿，听见一声撕心裂肺的呼叫：'救救我！救救我！'寻声找去，走到金黄拱顶的亭子门口。亭子周围是密密的棕榈树，煤气灯虽给叶子挡着，光线依旧泻到五颜六色的玻璃窗上，淡淡地映出奇怪的人影。这时，有个女人挣扎着要逃开，而被国王拦住了。等到看清女人的面庞，父亲心里真不知是什么滋味。那女人就是我母亲。事出意外，父亲略一踌躇。'请原谅，陛下！'说着便把国王推倒，母亲趁机得以逃掉。国王猛不防给推倒，爬起来便同父亲扭打在一起。国王身强力壮，父亲哪儿敌得过，被国王压在身下，用喷水壶猛打一气。内阁秘书官齐格莱尔知道这事，曾经劝谏，本应将父亲关进新斯万斯坦古堡，因有人说情搭救，便放了出来。那天晚上，我在家里等着父母。佣人禀报称父母回来了，我高高兴兴跑出去一看，父亲是给抬回来的，母亲则抱住我痛哭。"

少女沉默了一下。此时天空比早晨更加阴沉，下起雨来，阵阵的雨点，刷啦刷啦打在窗上。巨势说道："昨天的报纸上，说国王疯了，已经住到了施塔恩贝格湖附近的贝尔格城。这病是不是那时得的？"

少女接着说道："国王不喜欢繁华，所以住在偏僻的地方，昼寝夜起，已经很久了。普法战争时，他在国会里压倒天主教一派，公开站在普鲁士一边，可谓国王中年的功勋。可惜渐渐被他的暴政所掩盖，虽然没有人公开讲，但是对陆军大臣梅林格和财政大臣李德尔等人，无故便要判人死刑，这事情尽管秘而不宣，却是无人不知。国王白天休息时，屏退一切侍从，梦中常常喊'玛丽'，据说有人曾经听见过。我的母亲也名叫玛丽。无望的单相思，岂不更加重国王的病情！我跟母亲长得有些相像，她的美貌，在宫里是无与伦比的。

"不久，父亲病故。他一向交游广阔，轻财仗义，不谙世故，没留下一点家产。后来，在达豪尔街北头，有栋简陋的房子，楼上有空房，我们租了下来。可是自从搬到那里，母亲也病倒了。这样的日子，人心也会改变。经历无数的苦难，早使我那颗童稚的心，变得憎恨一切世人。第二年一月狂欢节时，所有值钱的衣服都已经卖光，由于连日断炊，我便随穷孩子学卖花。母亲去世前，能过上三四天安宁的日子，全靠您的所赐。

　　"帮忙料理母亲后事的，是住在楼上的裁缝。说我一个可怜的孤儿，不能置之不管，要收养我，我当时挺高兴，现在想起来痛悔不已。裁缝有两个女儿，极其挑剔，曾见到她们卖弄风情的样子，待收养我之后才知道，一到夜里，常常有客人登门。饮酒说笑，打情骂俏，或是唱歌作乐，客人多是外国人，贵国留学生也有来光顾的。有一天，主人命我换上新衣裳，当时，他看着我笑，那样子很可怕，我一个小孩子家，一点也不开心。过了中午，来了一个四十来岁的陌生男子，说要去施塔恩贝格湖，主人和那人一起劝我也去。也许因为父亲在世的时候曾陪我去过，玩得好开心，至今仍不能忘怀，所以，我勉强答应了。他们一齐夸我：'这才是好孩子。'带我去的男人，一路上倒挺和气，到了那儿，乘上'巴伐利亚'号游艇，还带我去餐厅吃饭，劝我喝酒，我说喝不惯，拒绝没喝。船到了终点希斯豪普特，那人又租了一条小船，说要划船玩。看到天色已晚，我很担心，便说快些返回吧，他执意不肯，把船划了出去。沿着湖边划了一阵，然后划进一片芦苇，远离人迹，那人才停下小船。我当时只有十三岁，起初全然不知是怎么回事，后来见那人脸色变得十分吓人，便不顾一切跳进水里。事过之后，等我苏醒过来，人已经在湖畔渔夫家里，一对穷夫妇照顾着我。我对他们说，我已无家可归，就在那儿住了一两天。这对打鱼的夫妇很淳朴，相处熟了，就向他们说出我的身世。他们可怜我，便把我当女儿来养。汉斯，就是这位渔夫的姓。

"这一来，我成了渔夫的女儿。由于身体瘦弱，桨也划不动，就到雷奥尼附近一家有钱的英国人家里做佣人。养父母信天主教，虽然不愿意我给英国人干活，但我学会识字看书，全靠英国人雇的家庭女教师帮助。女教师四十多岁，仍旧未婚，比起傲慢无礼的小姐，她更喜欢我。三年里，我读遍了女教师不算丰富的藏书，想必有许多读错的地方。此外，还有各式各样的文章，既有科尼盖的交际大全，也有洪堡的长生术，歌德和席勒的诗读了大半，翻阅过科尼西的通俗文学史，也浏览过罗浮宫、德雷斯顿美术馆的相册，以及泰纳论美术的译本。

　　"去年，英国人举家回国，本想再找一份那样的人家做工，由于出身低贱，当地贵族不肯雇我。后来，这所学校的一位老师无意中发现我，使我有了当模特儿的机缘，最后取得了执照。不过，我是著名画家施坦因巴赫女儿这身世，却没人知道。如今，我混迹于这些美术家当中，只是嘻嘻哈哈地打发日子。果然，居斯塔夫·弗赖塔克说得不错，像美术家那样的放浪形骸，世上无人能及。单独与之交往时，须臾不可掉以轻心。我存心不靠拢，不接触，没料到，竟成了'怪人'，正如您见到的那样。有时连我自己也怀疑，我不会是个疯子吧？也曾想过，或许是在雷奥尼读的那些书在作祟吧？倘若真是这样，那么世上称之为博士的人，说起来，岂不都该是疯子！骂我疯子的那帮美术家没成疯子，倒真该替自己发愁才是。要是没一点儿疯劲，就当不成英雄豪杰，成不了名家巨匠，这无须塞涅卡或莎士比亚去论述。您瞧，我多博学。要把我当成疯子的，看我不疯，他们好悲哀；不该疯的国王，听说成了疯子，也让人悲哀。世事多悲哀，白天，同蝉声一起悲鸣，夜晚，随着蛙声哭泣，可是，却无人为此感到悲哀。我觉得，唯有您不会无情地嘲笑我，所以才畅诉衷曲，请别见怪。唉，难道这也是发疯不成？"

下

透过水汽蒙蒙的玻璃窗向外看去，阴晴不定的天空，雨终于停了，学校庭院里唯见树木摇曳。听少女说话的工夫，巨势胸中百感交集。一忽儿，宛如与妹妹久别重逢，一腔兄长之情；一忽儿，好似雕塑家面对废园中倒伏的维纳斯像，一颗苦恼之心；一忽儿，仿佛见到美女心旌摇荡，自警坚守持戒的高僧之志。听完少女的一席话，巨势心中缭乱，浑身发颤，不知不觉竟要跪倒在少女面前。少女蓦地站起身来，说道："这屋里好热。学校快关大门了，雨也停了。同您在一起，没什么好怕的。要不要一起去施塔恩贝格湖？"取起身旁的帽子戴到头上。那样子，丝毫也不怀疑，巨势准会陪她去。巨势如同母亲带领的幼儿，跟随在少女身后。

在校门口雇了一辆马车，不久就到了车站。今天虽是礼拜天，但也许是因为天气不好，从近郊回来的人不多，所以这一带极安静。有个女人卖号外，买来一张一看，国王住到贝尔格城之后，因病情稳定，御医古登已让放松护卫。火车上，多是去湖畔避暑的，还有进城购物回来的人。大家纷纷议论国王的事："国王同在霍恩斯万皋城时不一样，心神似乎平静下来了。去贝尔格城的路上，在希斯豪普特曾经要过水喝。看到附近的渔夫，还温和地点了点头。"带着浓重口音说这话的，是个手挽购物篮子的老妇人。

车行一小时，到达施塔恩贝格湖，已是傍晚五点了。倘若徒步去，得一天时间。不知为什么，觉得离阿尔卑斯山好像很近似的，连这阴沉的天气，也让人心胸舒畅。火车逶迤而行，丘陵尽处顿显开阔，是烟波浩渺的湖水。车站在西南角，隐约可见东岸上雾霭笼罩着的林木和渔村。南面近山，一望无际。

少女带路，巨势登上右面的石阶，来到号称"巴伐利亚庭园"的旅馆跟前。没有屋檐的地方，摆着石桌石凳，因刚下过雨，上面都是水，没有人坐。侍应生穿着黑上衣，系着白围裙，似乎在嘟哝着什么，一面放下扣在桌上的椅子擦拭。挨着一边的屋檐下有个蔓草攀缠的架子，猛然看去，有群客人围着圆桌坐在下面，准是在旅馆住宿的客人。男男女女混在一起，其中有那天夜里在密涅娃咖啡馆认识的人。巨势要过去打招呼，给少女拦住了，说道："那些人不是您应当接近的。我们只是上这里来的两个年轻人，该难为情的应是他们，而不是我们。等认出我们来，您瞧吧，要不了多久，他们就会坐不住躲开的。"刚说完，那些美术家果然离座进了旅馆。少女把侍应生叫来，问游艇什么时候开，侍应生指指翻涌的乌云说，天气如此不牢靠，船必定是不会开了。她便吩咐叫车，说想去雷奥尼。

马车来了，巨势和少女两人乘了上去，从车站旁赶向东岸。这时从阿尔卑斯山刮来山风，湖上浓雾弥漫，回望方才经过的湖畔，已是灰蒙蒙的一片，仅见黑乎乎的屋顶和树梢。车夫转过头来问道："下雨了，把车篷支起来吧？"少女答道："不用。"又对巨势说："多痛快，这样玩！从前，我几乎把命丢在这湖里，后来，也是在这湖里，捡回一条命。所以，对您讲真心话，无论如何也该在这里，所以就把您邀来了。在洛丽安咖啡馆，您看到我出丑，是您搭救了我；从此，我活着便一心盼着要再见到恩人，一晃几年过去了。那个晚上，在密涅娃咖啡馆听到您的那番话，那份高兴劲儿就别提了！我平日虽与那些美术家为伍，却从不把他们当回事，因此，看到我侮辱人、目空一切的举止，您一定会认为我没有教养，可是，人生几何，欢乐不过是弹指一瞬间。如果不及时欢笑，终有后悔之日。"说着，她摘下帽子扔在一边，把头转了过来，那张俏脸红得如热血在大理石脉中流淌；金发在风中飘拂，恰似骏马长嘶，摇动着的鬃毛。"今朝，唯有今朝。昨日虽有，又何能作为？而明天，后天，却空而不实。"

这时，两点三点，豆大的雨点打在车里两人的身上，眨眼之间雨点愈来愈密。巨势看到雨柱从湖上迅猛横扫过来，打在少女一侧绯红的面颊上，心里愈来愈感茫然。少女伸出头去喊道："车夫，加你酒钱，快些赶！快马加鞭！再加一鞭！"说着右手搂住巨势的脖颈，自己仰起了头。巨势的头搁在少女绵软的肩上，看着少女，宛如梦中一般，心中不禁又浮现出巴伐利亚女神的模样。

车到国王驻跸的贝尔格城下，暴雨如注。朝湖上望去，阵阵狂风，掀起一道道深浅不一的波纹，深处显出白花花的雨脚，浅处则是黑幽幽的风痕。车夫停下车说："差不多了吧。淋狠了，客人会着凉的。这车旧虽旧，若淋得太厉害，也会挨车主骂的。"说完麻利地支起车篷，紧抽一鞭，急急赶路。

暴雨仍下个不停，雷声震耳，十分可怕。道路进入林间，这一带，即便夏日里太阳高悬，林中道路也相当幽暗。太阳晒过的草木经雨水滋润，散发出清香，吹进车里。两人仿佛口渴的人喝水一样，大口大口地呼吸着新鲜空气。在雷声停息的瞬间，夜莺对这恶劣的天气仿佛全无畏惧，声清如玉、婉转啼鸣。这岂不是如同孤独的旅人行走在寂寞的路上，放声歌唱一般？这时，玛丽双手搂住了巨势的脖子，身子压了过去。电光透过树叶，找到了两人相视而笑的脸上。啊，他们已进入忘我之境，忘记所乘的马车，忘记车外的世界。

出了林子，是一段下坡路，狂风吹走一团团乌云，雨停了。湖面上的雾，如同层层布幔，依次揭开之后，转瞬间雾散天晴。西岸上的人家，现在已如在眼前，清晰可见。只是每当经过树下，留在枝头上的雨滴，风吹过时便纷纷洒落。

在雷奥尼下了车，左边是洛特曼山冈，上面高耸一块石碑，题为"湖上第一胜"，右面是音乐家雷奥尼在水滨开的酒店。走路时，少女两手挽住巨势，紧紧靠着他，到了店前，回首望着山冈说："雇我的那家英国人，就住在半山腰。汉斯老夫妇的渔夫小屋，离这儿不过百来步。我想带您一起去那里，可心慌得很，现在这店里歇会儿好吗？"于是巨势走进店里，订晚餐时，对方答称："七点钟之前，来不及准备，无论如何得等半小时。"这地方只有夏天才有游客，侍应生年年换人，所以没有人认得玛丽。

少女忽然站了起来，指着系在栈桥上的小船问："您会划船吗？"巨势回答说："在德雷斯顿时，曾在卡罗拉湖上划过，谈不上划得好，不过，载你一个人，哪有不能的呢？"少女说道："院子里的椅子都淋湿了，待在屋里又太热，带上我划一会儿吧。"

巨势把脱下来的夏季外套给少女披上，然后登上小船，拿起桨划起来。雨虽然停了，天还阴着，暮色早已来到对岸。波浪依旧，拍打着船舷，想必是方才狂风激起的余波。巨势沿着湖畔，朝贝尔格城划去，一直划到雷奥尼村头。湖畔没有树木的地方，细砂铺路，渐渐低了下去，水滨安放着长椅。小船碰到一丛芦苇，沙沙作响。这时，岸边响起了脚步声，有人从树丛里走出来，身高约有六尺，穿着黑外套，手提一把收拢的雨伞。在他左手靠后的，是一位须发皆白的老人。前面的人垂着头走了过来，宽檐帽遮住了脸，看不见什么模样。此时这人从树丛中走出来，面向湖水，站了一会儿，只见他一只手摘下帽子，仰起脸，长长的黑发向后拢了拢，露出宽阔的额头，脸色苍白得带些灰，两眼深陷，目光四射。玛丽披着巨势的外套蹲在小船上，也看到了岸上的人。这时，她猛地惊呼道："是国王！"说着霍地站了起来，肩上的外套掉了下去。帽子方才摘下来时，搁在酒店没戴出来，身着一袭白色的夏衣，散乱的金发轻拂她的肩膀。站在岸上的，确实是带御医古登出来散步的国王。国王仿佛看到了一个奇妙的幻影，迷离恍惚之中认出少女，立即狂呼一声："玛丽！"扔下伞，奔到岸边的浅滩上。"啊！"少女叫了一声，当即晕倒。巨势伸手去扶，未及够到，她人已然倒下，随着船身的摇晃，伏面坠入水中。此处的湖底是一斜坡，越往湖心水越深，小船所停之处，应该离岸不到五尺。然而，岸边的沙滩混着黏土，成烂泥状，国王的两脚深陷其内，拔不出来。此时，跟随国王的老御医，也扔掉伞追了上去，人虽老却力不衰，溅起水化三脚两脚赶上去，一把拽住国王的衣领想往回拖。而国王不肯，御医手里只抓住外套和上衣，随手扔在一边，仍想把国王拖回来。国王转身跟他厮打起来。两人谁都不出声，彼此扭作一团。

这仅是一瞬间的事。少女坠水时，巨势只抓住她的衣裳。她的胸口重重地撞上隐没在芦苇中的木桩，快要下沉淹没之际，好不容易将她捞起。看着水边厮打的两人，便往来的方向划了回去。巨势一心只顾如何救少女，顾不到其他。划到雷奥尼的酒店前，他没有上岸，因听说老渔夫的家离这里不过百来步，便朝他们的小茅屋划去。夕阳已经西下，岸边是一片枝繁叶茂的槲树和赤杨，水面呈一湖岔，暮色中隐约可见芦苇中的水草，开着白色小花。少女躺在小船上，凌乱的头发沾着泥浆和水藻，有谁见了会不心痛呢？正在此时，小船惊起芦苇间的萤火虫儿，高高地飞向彼岸。唉，岂非少女的一缕香魂正在飞升！

不一会儿，看见隐没在树影中的灯光。走近茅屋，招呼道："这是汉斯的家吗？"倾圮的屋檐下，小窗开了，一个白发老妇探头看着小船。"今年也求到供水神的祭品了！昨天，当家的就给叫到贝尔格城去了，现在还没回来。要是急救，请进来吧。"声音平和地说道，正要关窗，巨势大声喊道："掉在水里的是玛丽，是您的玛丽啊！"老妇不等听完，任凭窗子大敞着，连忙跑到栈桥边，边哭边帮着巨势把少女抱进屋。

进门一看，只有一间屋子，半边铺了地板。灶台上，小油灯似乎刚刚点上，发出微微的亮光。四面墙上是粗制的彩画，画着耶稣的事迹，已经让煤烟熏得模糊不清。虽然点起柴火，想方设法救治，少女终究没有再苏醒过来。巨势和老妇一起在遗体旁守夜，看着少女如同泡沫一般泯灭无痕，不禁哀叹这无常多恨的人世。

时当一八八六年六月十三日傍晚七时，巴伐利亚国王路德维希二世，溺水驾崩。欲救皇上的老御医古登，亦同时殒命，据说御医脸上，死时犹有国王的抓痕。这一可怕的消息，于第二天十四日传出，令首府慕尼黑举城震惊。街头巷尾张贴着加黑框的讣告，下面人山人海。报纸号外上，登着有关发现国王遗体的种种揣测，人人争购。列队点名的士兵，身穿礼服，头戴巴伐利亚黑毛盔，警官骑在马上，有的则徒步从对面跑来，一片说不出的杂沓混乱。国王虽然久未在百姓中露面，但毕竟令人沉痛，街上行人无不面带哀戚。美术学校也卷入这一混乱中，新来的巨势不知去向，竟谁都没有放在心上，唯有艾克斯特惦记着朋友的下落。

六月十五日早上，国王的灵柩离开贝尔格城，于半夜时分才迎归首府。美术学校的学生走出密涅娃咖啡馆时，艾克斯特忽然心念一动，进了巨势的画室，果然见他跪在"罗勒莱"画下，三天之间，他的容貌大变，显得十分憔悴。

国王暴卒的新闻淹没了一切，雷奥尼附近渔夫汉斯的女儿在同一时间溺亡，竟无人问起。

信使

某亲王在星冈茶寮举行德意志同学会，请回国的军官依次讲一段亲身经历。这时有人催促道："今晚轮到您，殿下正翘首以待。"刚升大尉不久的青年军官小林，取下口中的香烟，在火盆上弹了弹灰，遂开口说了起来。

　　我给派到萨克森军团，参加秋季演习。那天，在拉格维茨村边，对抗演习已经结束，接下来是攻击假想敌。小山丘上，布置着散兵，认定了敌人，便利用斜坡、树丛、农舍等地形，巧为掩护，从四面发起攻击，蔚为壮观。附近的村民成群结队从四面八方赶来观看，其中有一群少女，穿着漂亮的黑天鹅绒衣裳，打着饰有草花的阳伞，伞面小巧得像个圆盘，拿手镜不停地打量各处。特别是对面山坡上的一群，尤显得高贵典雅。

　　时当九月初，那日难得秋空一碧，空气澄新。在五光十色的人群中，停了一辆马车，车上坐着几位年轻的贵族小姐，衣着颜色相映成趣，真个是花团锦簇，华贵非凡。她们无论站着还是坐着，身上的腰带或帽带，在风中纷纷飘扬。旁边，有位白发老者骑在马上，虽然只穿件系着牛角扣的绿色猎装，戴一顶驼色帽子，但一看便是有身份的人。在他的后面，是一位骑小白马的少女，我用手镜朝她打量过去。她穿了一件下摆长长的铁灰色骑装，黑幅子上罩着白纱，风姿绰约，十分高贵。此刻，对面林中忽然间冲出一队轻骑兵，她一心在看这队骁勇剽悍的骑兵，尽管人声嘈杂，却不屑一顾，显得卓尔不群。

"留心上了一位非同寻常的人儿吧？"有位留着长长的八字胡、气色极好的青年军官，轻轻拍了拍我的肩膀说。他是同在营本部供事的中尉封·梅尔海姆男爵。"我认识他们，是杜本城堡主人毕洛夫伯爵一家。营部已决定今晚借宿他们城堡，您就会有拜识的机会。"说完，见轻骑兵正朝我方左侧逼近，梅尔海姆便策马而去。与他交往虽然不久，却已感到此人生性善良。

等大队人马攻到山下，当天的演习便告结束，例行的评判也有了结果，于是我和梅尔海姆随同营长赶往今晚的宿营地。中间略高的马路蜿蜒在茬口齐整的麦田里。水声时时可闻，流经树林那边的是穆德河，分明已近在眼前。营长红红的脸膛，年纪大约过了四十三四，一头褐发颜色尚浓，但额上的皱纹已很明显。他为人质朴，说话不多，但有个口头禅，说上三两句，便会来一句"就我个人而言"。他蓦地对梅尔海姆说道："想必未婚妻在等你吧？""请原谅，少校。我还没有未婚妻呢。""嗯？请别见怪。

就我个人而言，以为伊达小姐正是。"两人说话的工夫，已来到城堡前。低矮的铁栅栏围着园子，一条笔直的细沙路将铁栅栏分成左右两侧，路的尽头有座旧的石门。进门一看，雪白的木槿花开得一片烂漫，后面便是一座白瓦屋顶的巍峨宫殿。南面有座高高的石塔，似乎是仿照埃及金字塔造的。穿号衣的仆人知悉今晚住宿的事，已在门口迎候，将我们带上白石台阶。残阳如血，透过圆木的缝隙泄出，照在蹲踞石阶两侧的人面狮身雕像上。我是头一次走进德国贵族的城堡，心想那会是怎样一番光景呢？方才远远望见的马上美人儿，又是何许人呢？这些都还是未知数。

四面的墙壁和拱顶上，画着形形色色的神鬼龙蛇，各处摆着长方的柜子，柱子上刻着兽头，挂着一排古代的刀剑盾牌，经过几根这样的柱子，我们最后给带上了楼。

毕洛夫伯爵已换上宽大的黑上衣，好像是日常便服，与伯爵夫人同在屋内，因是旧相识，见到营长便亲切握手迎候。营长将我引见给伯爵，伯爵以他深沉雄厚的声音自报姓名，对梅尔海姆中尉则轻轻点了点头，说了句："你来了，太好了。"夫人看起来比伯爵显老，起坐不甚方便，但目光里流露出内在的优雅。她把梅尔海姆叫到身旁，低声不知说了些什么。这时，伯爵说道："今天想必很劳顿，请先稍事休息。"命人把我们带到房间去。

我和梅尔海姆同住一间朝东的房间。穆德河水拍打着窗下的基石。对岸的草丛依旧葱茏，后面的柏树林已暮霭弥漫。河水向右流去，宛如膝盖般露出水面的陆地上，有三两家农舍，半空中耸立着水车漆黑的转轮。左面临水，古堡的一间屋子突出在外，仿佛是露台一样的窗子敞着一条缝，三四个少女把头挤作一堆，正在向这边张望着，但骑白马的人儿却不在其中。梅尔海姆已脱掉军服，正朝洗脸盆走去，求我道："那边是年轻小姐的闺房，劳驾，请快关上窗子。"

天黑后，我随梅尔海姆去餐厅，说道："伯爵府上的小姐真多呀。""原先有六位，一位已嫁给我朋友法布利斯伯爵，待字闺中的还剩五位。""您说的法布利斯伯爵，莫非就是国务大臣的公子？""正是，大臣的夫人是本城堡主人的姐姐，我朋友是大臣的哲嗣。"

在餐桌前就座，一看，五位小姐都打扮得花枝招展，不分轩轾。年长的一位一袭黑衣，十分新奇，却正是方才骑白马的那位。其他几位小姐对日本人很好奇，伯爵夫人夸我的军服，其中一位接口道："黑底子配黑纽扣，倒像是布劳恩施威格州的军官。"最年幼的一位，脸蛋红红的，则说："才不像呢。"毕竟年幼，脸上露出不屑的神情，大家忍不住笑了起来。她便羞红了脸，俯首对着汤盘。穿黑衣的那位，眼睫毛连动都没动一下。隔了一会儿，小小姐似乎想补救方才的唐突，说道："不过，他军服浑身上下一色黑，伊达准喜欢。"听了这话，黑衣小姐回头睃了她一眼。这双眼睛平时总是茫然凝神远望，一旦对着人，说起话来，才露出真情。此刻眼睛虽在嗔怪，却满含着笑意。从小小姐嘴里得知，方才营长讲起梅尔海姆的未婚妻时提到的伊达小姐，原来便是这位。于是我仔细观察，发现梅尔海姆的言谈举止，无处不流露出对她的爱慕。而且伯爵夫妇心中也已经认可。伊达小姐身材修长苗条，在五姐妹中，唯有她是黑头发。除了那双会说话的眼睛外，长得并不比其他几位小姐更加俏丽。常常眉尖微蹙，脸色略显苍白，想是身着黑衣的缘故吧。

　　饭后，移席到隔壁房间，像是间小客厅，里面摆了许多软椅子和矮沙发，招待客人在这里喝咖啡。仆人端来盛烈酒的小酒杯，除了主人，谁都没要。只有营长拿起一杯说："就我个人而言，这种沙特乐烈性酒才够劲儿。"说完一饮而尽。这时，我背后的暗处，突然发出一个怪声"我个人，我个人——"我惊讶地回头看去，只见屋角有一个大金丝笼，是里面的鹦鹉以前听过营长说话，眼下在学舌。几位小姐低声道："啊哟，瞧这鸟！"营长自己也哈哈大笑起来。

　　主人和营长抽着烟，聊起打猎的事，走进隔壁的小房间。小小姐方才一直盯着我，想和我这个稀奇的日本人搭话，我于是笑着先问："这只聪明的鸟是您的吗？""不是。虽说没有规定是谁的，不过我也顶喜欢。从前养过许多的鸽子，养得十分驯服，常常缠人，可伊达她非常讨厌，就全让人拿走了。只有这只鹦鹉，不知多恨姐姐呢，总算侥幸，现在还养着。是不是呀？"她朝鹦鹉探过头去说道。这只恨伊达小姐的鸟张开钩嘴，重复道："是不是呀？是不是呀？"

　　这时，梅尔海姆走到伊达小姐身旁，不知求她什么事，她不肯答应，看到伯爵夫人发话，她这才起身走到钢琴边。仆人赶忙点上蜡烛，摆在左右两侧。"给您拿哪本琴谱？"梅尔海姆说着便朝琴边的小桌走去。"不必了。没有琴谱也能弹。"说罢，伊达小姐的指尖徐徐触到键盘上，顿时响起金石般铿锵的声音。曲调时而热烈时而舒缓，小姐的脸色也犹如清晨的朝霞。那琴声一忽儿仿佛水晶念珠的切切细响，穆德河水也应为之断流；一忽儿好似刀枪齐鸣，杀气腾腾，威胁古代过往的行旅，惊醒城堡远祖的百年旧梦。啊，这位少女的一颗芳心，虽然封闭在她窄小的胸膛之中，无法言表，现在却借纤纤的指尖倾诉了出来！只觉得琴声似滚滚波涛，萦绕着这杜本城堡，别人与我一样，尽在旋律中载沉载浮。曲调进入高潮，潜伏在乐器中形形色色的精灵，皆在诉说那无限的愁绪，声声如泣。正在这时，城堡外忽然响起笛韵，小心翼翼地和着小姐的琴声，令人好不奇怪。

伊达小姐全神贯注，忘我地弹琴，猛然间听见笛声，不由得曲调错乱，弹出几个破裂音。她离座站了起来，脸色比平时更显苍白。几位小姐面面相觑，小声说道："又是那个蠢材兔唇在捣乱。"外面的笛声已停。

伯爵从小屋出来，向我解释道："这个曲子，伊达弹起来一向这么狂热，不足为奇，您吃惊了吧？"

虽然已经音沉响绝，但那曲调犹在耳边回旋，我心神恍惚地回到房间。今晚所见所闻使我难以入睡，看对面床上的梅尔海姆，也未能成眠。心中存了许多疑惑，虽有所顾忌，还是问了一句："方才那奇怪的笛声，您知道是谁吹的吗？"梅尔海姆转过脸回答说："这说来话长，好在不知什么缘故，今晚我也睡不着，索性起来说给您听吧。"

我们离开尚未睡热的被窝，下了床，在窗下的小几前相对而坐，正要抽烟时，方才的笛声又在窗外响起，时断时续，好似稚幼的黄莺初次鸣啼。梅尔海姆清了清嗓子，开口说道：

"应当是十多年前的事了。离这儿不远的布吕森村，有个可怜的孤儿，六七岁时，父母得了时疫，双双去世。这孤儿因是兔唇，长相格外难看，没人肯照顾他，几乎快要饿死。有一天，他到城堡来讨吃剩的面包。当时伊达小姐只有十来岁，觉得他很可怜，让人给他东西，把自己玩的笛子也给了他，说道：'你吹吹看。'因是兔唇，无法衔住笛子。伊达小姐便恳求母亲说：'把他那难看的嘴给治治好吧！'夫人觉得小姐年纪虽小，心地却善良，便叫医生给他缝好了。

"从那时起，那孩子便留在城堡里牧羊。送他玩的那支笛子从不离身。后来自己用木头又削了一支，一心一意地学着吹，也没人教，居然吹出那样的音色来。

"前年夏天，我休假到城堡来，同伯爵一家骑马出游。伊达小姐骑着那匹小白骏马，跑得飞快，只有我跟在后面。在一条窄路的拐角，迎面来了一辆马车，车上的干草堆得很高。马一惊，跳了起来，小姐幸好夹住了鞍子。不等我去救，旁边的深草丛里，就听到有人'啊'地叫了一声，便见羊倌飞奔过来，紧紧抓住小姐白马的辔头，让马镇静下来。小姐由此得知，羊倌在牧场上只要有空，就会时隐时现跟在她身后，于是打发人去犒赏。但是不知为什么，从不许他拜见。羊倌尽管偶尔碰到小姐，小姐也从不与他说话，他知道自己招人厌恶，便躲开了。不过，至今仍旧不忘远远地守护着小姐。他喜欢将小舟系在小姐卧室的窗下，夜里就睡在干草堆上。"

梅尔海姆说完，各自就寝。东面的玻璃窗早已暗了下来，笛声也已停歇。这晚，我梦见伊达小姐的倩影。她骑的那匹白马眼见得变成黑色，我感到奇怪，便仔细看去，原来是张人脸，是那个兔唇。因在梦中，迷离恍惚，觉得小姐骑的马原也平常，可是再一看，以为是小姐的，却是狮身人面像的头，半睁着没有瞳孔的眼睛。居然把老老实实并着前腿的狮子看成了马。可是在狮身人面像的头上，竟蹲着那只鹦鹉，对着我笑，神气十分可恨。

翌日清晨起来，推开窗户，朝阳已将对岸的树林染成一片殷红，微风吹皱穆德河面，勾画出道道涟漪。水畔草原上，有一群羊。羊倌穿着黄绿色的短上衣，露出黑黑的小腿，身材极其矮小，一头红发乱蓬蓬的，手拿鞭子噼啪作响地抽着玩。

这天早晨，是在房间里喝的咖啡。中午，国王因莅临观看演习，举行盛宴，我要随营长前往格里玛狩猎俱乐部礼堂赴宴。所以穿好礼服等着动身。伯爵把马车借与我们，站在台阶上送行。今日的宴会，只招待将军与校官，我是以外国军官的身份出席，梅尔海姆只得留在城堡里。虽说是乡村，礼堂竟出乎意料地富丽堂皇，餐桌上用的器皿，都是从王宫运来的：有纯银的盘子；梅森的瓷器①；德国瓷器尽管模仿东方，但草花的釉色与我们日本的不一样。不过，德雷斯顿宫里，倒有一间瓷器室，陈列着许多中国和日本的花瓶。我是头一回拜见国王陛下。他的身姿容貌已俨然一白发老翁，是翻译但丁《神曲》的约翰王的后裔，说话极为得体："贵国拟在我们萨克森设公使馆，现在得以认识阁下，届时期待您能来荣任此职。"让人听来非常恳切。但我必须让国王知道：在我国，选用旧交来担任要职，尚无先例；而没有外交官经历的人，又不能膺此重任。

今天赴宴的将军和校官，约有一百三十人。有位身着骑兵服的老将军，极其魁伟，他便是国务大臣法布利斯伯爵。

黄昏时我们回到城堡，少女们的欢声笑语，石门外都能听见。马车刚要停下，已经熟稔的小小姐早就跑了过来，邀我道："姐姐她们在玩槌球，您不来一起玩吗？"营长说："不要让小姐扫兴。就我个人而言，要回去换衣服休息了。"听了他的话，我便随小小姐来到方尖塔下的园子里，小姐们正玩得起劲，草坪上处处埋着弓形的黑铁圈，用鞋尖踩住五色球，小槌一挥，从侧面击打出去，让球从弓形铁圈里钻出。打得好的人，百发百中，打得不好，会手忙脚乱，打了自己的脚。我解下佩剑，也加入进去，一心想：命中！命中！不承想，球总朝别处飞。小姐们齐声笑了起来。这时，伊达小姐手挽梅尔海姆的手臂，走了过来，两人的样子十分融洽。

---

① 梅森的瓷器：由欧洲最早成立的、也是最佳的陶瓷厂——Meissen 梅森瓷器制造厂所制造的瓷器。

梅尔海姆问我："如何？今天的宴会有趣吗？"不等我回答，便说，"让我也参加进去吧。"便朝她们一伙走去。几位小姐彼此看了看，笑道："已经玩累了。您跟姐姐上哪儿去了？""到风景优美的岩石角那儿去了。不过不如这个方尖塔好。小林先生明天要随我们营到穆森去，你们哪一位陪他到塔尖上去，请他在水车那里欣赏一下火车奔驰的风光？"

　　嘴快的小小姐还没发话，这时一声"我去吧"，想不到竟是伊达小姐说的。大概惯常沉默寡言的人，一说起话来便会脸红。她当即给我带路，我惊讶地跟在后面，留下来的几位小姐围着梅尔海姆，闹着要他"晚饭前，讲个有趣的故事"。

　　这座方尖塔朝园子的一面，有部坑洼不平的楼梯，直通塔顶平台。上下楼梯，或站在塔顶上，下面都能看得很清楚。所以，伊达小姐行若无事，自告奋勇来带路，实在也不奇怪。她几乎小跑似的到了尖塔入口处，回头看着我，我急忙赶上去，先上了石阶。她迟一步跟上来，呼吸急促，气憋得难受，所以歇了几次才上到塔尖。想不到上面很开阔，四周围着低矮的铁栏杆，中间置放一块打磨过的大石。

　　我站在塔尖上，远离地面。昨天，在拉格维茨小山上，初次远远里见到伊达小姐，我的心就出奇地为她吸引，既非猎奇，亦非好色。而此刻，竟得以同这位夜思日想的少女单独相对。从这里望去，萨克森平原的风景不论多美，怎能同这位少女相比！在她心里，想必既有茂密的森林，也有深不可测的渊薮！

上了又陡又高的石阶，脸上的红潮仍未消退，沐浴着令人炫目的夕阳，伊达小姐坐在塔尖中央的大石上，好让心头平静下来。那双会说话的眼睛，蓦地凝视我的面孔，平素并不显得漂亮的她，这时，比日前演奏那首幻想曲时，更加俏丽。不知何故，令人觉得像一尊精工雕刻的石像。

小姐急口说道："我知道您的心地，所以才求您帮忙。这么说，您会奇怪，我们昨天刚认识，没说过一句话，怎么会了解呢？不过，我一点也不怀疑。演习结束，您要回德雷斯顿，王宫里会传令召见，国务大臣在官邸也会设宴招待。"说到这里，她从衣服里取出一封封好的信交给我，恳求道，"别让人知道，请转交大臣夫人，千万别让人知道。"

听说大臣夫人是小姐的姑母，她姐姐也嫁给了大臣的公子。不找同胞帮忙，反而求一个初次见面的外人，再说，此事如果真要瞒城堡的人，也可以偷偷邮寄。一方面如此谨慎，另一方面又那么反常，不能不让人觉得，她是不是神经有点毛病。然而，这仅是我一刹那的想法。小姐那双眼睛，不但会说话，而且善解人意。她辩解地说道："法布利斯伯爵夫人是我姑母，您大概听说了。我姐姐尽管也在那儿，但不愿让姐姐知道，所以才求助于您。倘若只是提防家里人，邮寄当然也行，可是即便有邮局，我也难得独自一人出门，想寄也办不到，还要请您体谅。"知道她确有缘故，我便爽快答应下来。

落日在城堡门附近的林中灿烂四射，如虹一般。河上升起了雾霭。暮色苍茫时分，我们走下尖塔，几位小姐听完梅尔海姆的故事，正在等我们，于是一起走进灯火辉煌的餐厅。今夜，伊达小姐变得与昨夜不同，快活地招待客人，梅尔海姆也似乎面带喜色。

翌日拂晓，我们便离开城堡，前往穆森。

秋季演习在这里进行了五天便告结束。我们联队回到德雷斯顿，我本想立即前去泽街大臣的公馆拜访，践履我答应封·毕洛夫伯爵女儿伊达小姐的嘱托。但是，按照当地习惯，不到冬天社交季节，无法轻易见到那些贵族。现役军官通常去拜访，只是请进大门旁的一间屋里，签一个名而已。所以，我虽想去，也只好作罢。

那一年，军务繁忙，不知不觉到了年底。艾伯河的上游开始出现冰冻，冰块仿佛莲叶一般漂浮在绿色的波涛上。王宫里的新年庆典，豪华盛大。众人脚下踩着滑溜锃亮的打蜡地板，走上前去拜贺国王。国王穿着礼服，耀扬威武地站在那里。又过了两三天，应邀赴国务大臣封·法布利斯伯爵举行的晚宴，同奥地利、巴伐利亚、加拿大的公使打过招呼，趁宾客用冰激凌之际，我走到伯爵夫人的身旁，简短地说了说事情的始末，把伊达小姐的信顺利地交到夫人手里。

到了一月中旬，我随一批得到晋升的军官，获准入宫拜见王后。我身着礼服进了王宫，与众人一起在厅里站成一圈，等候王后驾到。在恭谨躬腰、步履蹒跚的典礼官引导下，王后款步走来，让典礼官报上觐见人名字，对每人说上一两句话，然后摘下手套，伸出右手让人吻退。王后一头黑发，身材不高，穿了一件褐色的衣衫，相貌并不漂亮，但声音十分优雅。"府上在法兰西一役立下战功，不愧名门之后。"诸如此类恳切的话，谁听了都会觉得高兴。随从女官走到内厅门口，右手拿着折扇，笔直站在那里，姿态极其高雅，门框和廊柱宛若一幅画框，她就成了画中人。我不经意地看了看女官的面庞，那女官赫然就是伊达小姐。她已到了这个地方，让人惊叹不已。

京城的中心，艾伯河上横架一座铁桥，从桥上望去，王宫的一排窗子占据了整条施洛斯小巷，在今夜显得格外璀璨明亮。我也忝列其中，应邀赴当晚的舞会。奥古斯特大街上车水马龙，我徒步在中间穿行，看到大门口停着一辆马车，走下一位贵夫人，将皮围领交给侍从放回车厢里。金黄色的头发高拢上去，露出的脖颈白得晃眼，佩剑的王宫侍卫打开车门，贵夫人目不斜视径直走进王宫。那辆车尚未开走，后面一辆还等着没过来，趁这工夫我从戴着熊毛盔、挂着枪、站在门两侧的近卫兵面前走过，踏上铺着一溜红地毯的大理石楼梯。楼梯两侧处处站着穿制服的侍从，制服是黄呢镶绿白边的上衣和深紫色的裤子，他们昂首直立，眼睛一眨也不眨。按旧规，这些人应当手持蜡烛。现在，走廊和楼梯上都点有煤气灯，老规矩就废除了。楼上的大厅还古风依旧，吊烛台上点着黄蜡，光芒四射，照着无数的勋章、肩章和女宾的首饰，反映到夹在历代先祖画像之间的大镜子上，那景象由来已久，习以为常了。

典礼官拄着的饰有金穗子的铜杖，终于在拼花地板上咚咚敲响了。天鹅绒包着的门扉，倏然无声地打开。大厅的中间，自动让出一条甬道。所说今夜来宾有六百之众，这时，一齐屈身相迎。国王一族从女宾裸着半截后背的颈项间，军人镶着金丝花边的衣领间，以及金色的云鬟高髻间走了过去。率先走在前面的，是戴着旧式大发套的两位侍从，紧接着是国王与王后陛下，再其后是萨克森-梅宁根世子夫妇、魏玛和勋伯格两位亲王，以及数名重要的女官。外边盛传萨克森宫的女官奇丑无比，此话不假。她们不仅个个其貌不扬，而且大都韶华已逝，有的甚至老得破纹满面，胸脯上的肋骨一一可数，值此盛典，无论如何也不能避而不出。隔着人头，看着她们一行人走过，心里盼望的那人却不见踪影。这时，有位年轻的宫女以男子般的气度缓步走来，心想不知是不是她，抬头一看，正是我的伊达小姐。

国王一族走上大厅尽头的台上，各国公使及其夫人围上前去。早已伫候在二层廊上的军乐队，一声鼓响，奏起波罗乃兹舞曲。这个舞只是每人的右手拎起女伴的手指，在厅里旋转一周而已。领头的是一身军装的国王，引领一袭红裙的梅宁根夫人，其次是穿黄绸长裙的王后和梅宁根世子。场上只有五十对，转完一圈后，王后靠在有王冠徽记的椅子上，让各公使夫人围坐身旁，国王便坐到对面的牌桌厅里。

这时，真正的舞会才开始。众宾客在狭窄的空间巧妙地翩翩起舞，看上去多是年轻军官，以宫女为舞伴。我曾纳闷，何以梅尔海姆没来？现在才明白，不是近卫军官，一般不在邀请之列。那么伊达小姐的舞姿又如何呢？我仿佛欣赏舞台上自己偏爱的演员一样，目不转睛地望着她：天蓝色的长裙上，只在胸前别了一朵带着枝叶的玫瑰花，除此别无装饰。穿梭回旋在拥挤的舞池里，她的裙裾始终转成圆圈，毫不打皱，令其他珠光宝气的贵夫人相形见绌。

时光流逝，黄蜡的火苗因烟气而渐渐黯淡，流下长长的蜡泪。地板上有断掉的轻纱，凋落的花瓣。前厅里设有冷餐，前去那里的脚步声渐渐多起来。这时有人从我面前经过，稍稍侧着头，回过脸来看我，半开的鹅毛扇子遮着下颏："难道已经把我忘了吗？"说话的是伊达小姐。"怎么会呢。"我一面回答，一面三步两步跟了上去。"您瞧，那边有间瓷器室，陈设的东洋花瓶上，画的不知是什么草木鸟兽，除了您，没人能给我解释。来吧。"说完便一起走了过去。

这里四壁安着白石架子，摆着历代喜爱美术的君王从各国搜集来的大小花瓶，多得数不胜数。有乳白色的，有蓝得像蓝宝石的，有像蜀锦一般锦色斑斓的，在后墙的衬托下，真是美轮美奂。然而，常来王宫的宾客，今夜却谁都无心驻足观赏；去前厅的人，也只是偶尔瞥上一眼，没人肯停下脚步。

长椅子上，浅红底子的座垫上织出深红的草花图案。嫣红的坐垫，衬着小姐天蓝色的长裙，宽大的裙褶精致高雅，一阵旋舞之后，竟一点没走样。她一侧身坐在长椅上，斜着身子用扇尖点着中间架子上的花瓶，对我说道：

"岁月匆匆，倏忽便成了旧年往事。想不到会求您递信，却始终没机会道谢。我的事，不知您会作何想法。但是，您把我从苦恼中解救了出来，我心里一刻都没忘。

"最近，让人买了一两本有关日本风俗的书来看。据说在贵国，婚姻由父母做主，夫妇间，没有真正爱情的很多。这是欧洲的旅行者以轻蔑的笔调记述的。我仔细想了想，这种事情，难道欧洲就没有吗？订婚前经过长期交往，彼此相知，就在于对婚事能自由地表示自己的意愿。而贵族子弟，早就由长辈订了终身，哪怕彼此性情不合，也不能说个不字。天天相见，心里虽然厌恶，照例还得结为夫妇。这世道简直不可理喻。

"梅尔海姆是您的朋友，说他不好，您一定会替他叫屈。其实，我也知道他心地正直，相貌也不坏。但是相处几年，我实在心如死灰，无法激起我的热情。我越厌烦，对方反倒越亲切。父母允许我们交往，表面上有时我挽着他胳膊，一旦剩下两个人的时候，无论在屋里还是在园子里，我都无法排遣心中的郁闷，不知不觉会深深叹口气。尽管如此，也要一直忍到脑袋发昏，让人受不了。请您别问为什么。有谁能知道呢？有人说，爱是因为爱才爱，厌恶也同样如此。

"有时见父亲心情好，刚想说说我的苦恼。可是一看出这情形，我说到一半，他就不让我说下去了。'这世上，生为贵族，就休想任性而为，像那些下等人一样。为维护贵族的血统，必须牺牲个人的权利。千万别以为我老了，把人情都忘了。你看，对面墙上，你祖母的那幅画像！她的心，就跟她相貌一样严厉。她对我说：你不能有半点轻浮的念头，虽然要失去些许生活的乐趣，却拯救了家族的荣誉，几百年来，咱们家族没羼杂一滴卑贱的血。'父亲说得很温和，一反往常军人那种生硬的语气。我一直在琢磨，怎样对父亲说，如何回答他，现在这一切只好藏在心里，毫无办法可想。只是我的心越来越脆弱。

"母亲一向对父亲百依百顺，即使把心事告诉母亲，又有何用？然而，我虽生为贵族之女，但我也是人。尽管我看透了可恶的门阀、血统，无非是迷信、粪土一样，可我心里无处能容得下这种想法。为这恼人的恋爱，如果幽怨得身心憔悴，那是名门小姐之耻。要想冲破这习惯势力，有谁会支持我呢？虽说在天主教国家，可以出家当修女，但萨克森这儿是新教，想那么做也办不到。是的，宫里这地方，知礼而不知情，等于是罗马教廷，唯有进宫，才是我此生的归宿。

"在这个国家，我们家门第显赫，现在又同有权有势的国务大臣法布利斯伯爵亲上加亲。我也想过，这事要是当面去求，也许很容易，难办的是我父亲不容易说动。不仅如此，以我的性格而言，喜怒哀乐不肯俯仰随人，不愿意别人长久以非爱即恨的眼光来看待我。倘若我把这心愿告诉父亲，他就会喋喋不休来说服我，软劝硬说，让人心烦，我受不了。何况梅尔海姆这人思想浅薄，以为我伊达嫌弃他，要躲开他，就是因他才这样做，那我太遗憾了。我打算神不知鬼不觉就进宫来当宫女，正苦于想不出办法，这时您到我家来小住。我知道，您看我们，就像看路旁的石头树木一样，而心里却是一片至诚。法布利斯伯爵夫人一向疼我，所以我才偷偷求您给她捎封信去。

"不过，这件事只有法布利斯夫人一人知道，家里人谁都没告诉。只说宫里缺人，把我叫去暂时尽尽义务；又说陛下难得提什么要求，于是一留就留了下来。

"像梅尔海姆这样的人，在世上只会随波逐流而不知独立进取，他会把我忘了，绝不会为此而愁白了头。唯一让人痛心的是，您在我家留宿的那晚，搅得我的那个牧童伤心不已。听说我走后，他天天晚上把船缆系在我窗下，睡在船上。一天早晨，有人发现羊圈的门没开，大家跑到岸边一看，河水拍打着空船，只在干草堆上留下一支竹笛。"

说完，午夜的时钟当当响了起来。舞会已经结束，王后该休息了，伊达小姐赶紧起身，伸出右手，让我吻了一下，这时，众宾客前往角落上的观景厅吃夜宵，人一群群从门前走过。小姐的身影夹杂其间，渐渐远去。隔着人群，从肩头的空隙处偶尔尚能看到她身着那身漂亮的天蓝色衣裙的身影，令人怅然难忘。

雁

一

　　这是老早以前的事了，碰巧记得是发生在明治十三年。之所以清清楚楚记得那年头，是因为我当时住在东京大学铁门的对面，一个叫上条的小公寓里，和故事的主人公恰好比邻而居，仅一墙之隔。这家上条公寓在明治十四年着火烧掉了，使我没了住处。故事就发生在火灾的上一年，所以还记得。

　　住在上条公寓里的，大抵是医大的学生，再就是到大学附属医院看病的病人。一般来说，各家公寓都有几个特别吃得开的房客。这些房客，首先要手头阔绰，处事乖巧，见到老板娘坐在火盆旁，从廊子经过时，必定打声招呼，时不时地还会蹲在火盆前聊上几句。倘若在房间里饮酒作乐，叫厨房给准备酒菜，便请老板娘帮忙照顾，看似为所欲为，其实，账房那里大得实惠。总之，大凡这类房客最受尊敬，他们也常借此摆摆架子耍耍威风。然而，我隔壁的那个男生虽属于上条这儿吃得开的房客，却与众不同。

他姓冈田，也是学生，比我低一级，总归快要毕业了。要说冈田是怎样的人，就得从眼前最显眼的特点说起。那就是，他是个美男子。但绝不是那种脸色苍白的文弱书生，而是气色极好，体格矫健。长得像他那样的人，我还没见过。勉强要说嘛，不论当时还是后来，我始终认为，与年轻时的川上眉山，还相仿佛。就是那位因为创作陷入绝境，结局悲惨的作家川上。冈田，和川上年轻时的模样很像。不过，冈田当时是赛艇选手，体魄远远强过川上。

论长相，足可夸口于人。但是，单凭长相就想在公寓里吃得开，那还远远不够。至于品行如何，我想，当时很少有人能像冈田那样，过着规规矩矩的学生生活。他不是那种为奖学金而拼命用功，每逢学期考试便强争分数的学生。该做的事，他都认真去做，在班级里，属于中上。玩的时候，绝对去玩。晚饭后，必定散步，十点钟前，准会回来。星期天，不是划船，就去郊游。除了比赛之前跟队友住在向岛，或是暑假回老家外，我这位邻居在不在房里，时间绝不会差。如果有人中午忘了听号声对表，那就去冈田屋里问他。连上条账房里的时钟，也常和冈田的怀表对。天长日久，看到冈田的立身行事，周围的人越来越觉得此人可靠。上条的老板娘开始夸冈田不巴结人，不乱花钱，也是出于这种信任。他房钱月月清，这是最有力的事实，无须多说。

"瞧瞧人家冈田先生！"这话常挂在老板娘嘴上。

"像冈田君，我可办不到。"原先搬走的学生有这么说的。一来二去，不知不觉的，冈田便成了上条房客的楷模了。

冈田天天散步，大多有一定的路线。走下寂静的无缘坂，绕过蓝染川的黑水流入的不忍池北侧，在上野山溜达一会儿。然后，穿过"松源"和"雁锅"等酒楼所在的广小路，以及狭窄而热闹的仲町，走进汤岛神社，拐过阴暗的臭桔寺，最后返回公寓。或者从仲町向右拐，从无缘坂回来，这是又一条路线。有时，穿过大学，出西侧的红门。因为铁门老早就上锁，所以，要先进患者出入的长屋门，再穿过校园。后来，长屋门拆了，便是现在春木町尽头新开的黑门。出了红门，是本乡大街。经过黄米年糕铺，进入神田神社，下到当时颇为新颖的眼镜桥，在柳原一带的片侧町逛一会儿。然后回到御成道，随便从西面哪条狭窄的小胡同穿出来，依旧回到臭桔寺，这又是一条路线。除此而外，很少走别的路。

散步途中，冈田有些什么活动呢？无非不时进旧书店转转。在上野广小路和仲町之间，当时的旧书店颇多，如今只剩下两三家了。御成道上当时也有旧书店，而在柳原却一家都没有。本乡大街上的，几乎家家都挪了地段换了店主。冈田出了红门，极少朝右拐，固然因为森川町街面狭窄，地方局促，但当时，西面连一家旧书店都没有，也是原因之一。

冈田逛旧书店，用现在的话来说，是他有文学趣味。不过那时，新小说和戏剧还没出现，抒情诗方面，子规①的俳句和铁干②的

① 正冈子规（1867—1902）：日本近代诗人，以写俳句、和歌为主。主编俳句杂志《杜鹃》，主张俳句革新，倡导写生文。

② 与谢野铁干（1873—1935）：日本歌人、诗人，成立新诗社，创办机关刊物《明星》，成为浪漫主义文学的中心，对现代短歌的形成起到推动作用。

和歌还未诞生。谁都可以读到的，无非是用又粗又黄的纸印的《花月新志》，或者是白纸印的《桂林一枝》一类的杂志。槐南、梦香写的香艳体诗歌最是流行。我当时也爱看《花月新志》，所以还记得。有一篇西方翻译小说，就是这本杂志首先发表的，故事写一个洋人大学生，回老家的路上遭人谋害。记得译者是神田孝平，用的是白话文。这是我头一回看西方小说。因此在那样的时代，冈田的所谓文学趣味，不过是汉学家把一些新事儿写成诗文，他读来饶有兴趣罢了。

我生来不善于交际，在校园里，哪怕是熟人，没事儿也不搭讪。至于住在同个公寓的学生，也很少脱帽致意的。和岗田能熟识起来，是旧书店搭的桥。我不像冈田，散步的路线没有定准，健步如飞，从本乡一直走到下谷、神田，只要有旧书店，就停下来进去看看。那时常会在店里遇见冈田。"倒是旧书店里常碰头哩。"也不知是谁先开的口，总之我们开始亲切地攀谈起来。

那时，下了神田神社前面的坡，拐角有个店，吊钩吊着的木板上晒了很多旧书。在那儿，我发现一部汉文《金瓶梅》，一问价钱，店主要七元，便还价五元。"方才冈田先生出六元，我都没答应。"凑巧，我手头正宽裕，就照价买了下来。过了两天，遇见冈田，他说道：

"太不够朋友啦，我好不容易发现一部《金瓶梅》，叫你给买走了。"

"可不是嘛，店主还说来着，你还了价，他不肯让。你想要，

71

就让给你吧。"

"哪儿的话，住在隔壁，等你看完了借我看看就行了。"

我欣然答应。就这样，以前同冈田虽然一墙之隔，住了很久却老死不相往来，现在终于有点来往了。

二

那时，无缘坂的南面，有一座宅邸，主人姓岩崎。当时不过是一堵脏兮兮的石头墙而已，哪像现在，有道高高的墙围着，石上长着苔藓，从缝里拱出凤尾草和笔头菜。挨着石墙的上方，是平地还是小土坡，我没进过岩崎家的院子，到现在也不清楚。反正石墙的上面，杂树疯长，路上能看见树根，根旁的野草难得除掉。

北面，是一排破败的房子。一间围着木板墙的店面房还算体面，其他就是手艺人的住处了。称得上店铺的，只有杂货铺或香烟店。其中，最吸引来往行人的，是教授缝纫的女裁缝家。白天，纸格窗内，一群姑娘凑在一起做活。逢天气好，窗敞着的话，看见我们学生走过，那些叽叽喳喳说得正在兴头上的姑娘，一个个会抬起头，朝路上瞧上一眼，然后又继续说笑。隔壁一家，格子窗擦得一尘不染，房门口的三合土台阶上铺着花岗岩，傍晚经过，常常见到已洒上了水。冷天，纸窗关闭，热天，遮着竹帘。因为裁缝家热热闹闹的，这户人家便显得格外的冷清。

这故事发生的那年九月，冈田从老家回来不久，晚饭后照例出

72

去散步，走过一座古建筑，是从别加贺藩主前田家的大殿，学校的解剖室临时设在那里。冈田溜达着刚要走下无缘坂，碰巧有缘，看见一个洗澡回来的女人，正要进裁缝家隔壁那座冷清的房子。已经入秋，没人出来乘凉，坡上一时无人。冈田经过时，女人刚回到寂静的格子门前，正要开门，听见冈田的木屐声，蓦地停住手回过头来，恰好和冈田打了一个照面。

一身蓝绉绸的单衣，系着一条夹腰带，是黑贡缎和博多产的花布缝制的；纤纤的左手，随便提着编工细致的竹篮，里面放着手巾、肥皂盒，还有搓身用的米糠袋和海绵等；右手搭在门格子上，正扭过头来。这女人的身影并没给冈田留下很深的印象。不过，他注意到，新梳好的银杏发髻，两鬓薄得像蝉翼似的；一张瓜子脸上，高高的鼻梁，略带寂寞的神情；从前额到两颊，说不出是哪儿，显得有点平板。冈田不过看了这么一眼，等他走下无缘坂，早把这女人忘得一干二净。

可是，过了两天，冈田又朝无缘坂走去，快走到格子门那家人家时，前两天遇见的那个洗澡回来的女人，突然从记忆的深处兜上心头，便朝她家瞄了过去。窗台上竖着一根竹竿，横着架了两层削得细细的木棍，上面缠着蔓草。纸拉窗拉开一尺来宽的缝，露出一盆万年青，盆里扣着鸡蛋壳。因为分心去看，放慢了脚步，等走到门前的工夫，就富裕出几秒钟的时间来。

就在他走到门前时，万年青的花盆上面，深锁在灰暗中的背景上，蓦地浮现出一张白净的面庞，含笑望着冈田。

从那以后，冈田散步时，每次经过这里，几乎没有一次不看到这个女人。这女人的脸蛋也时时闯入他的脑海，最后竟如同己物，可呼之即出。她是在等我走过吗？还是无意瞧外面，偶然和我碰面的呢？冈田曾这么疑惑过。那么，从见到她洗澡回来那天再往前想，她有没有从窗口露过面呢？可是印象中，在无缘坂一侧的住宅当中，最热闹的裁缝家隔壁，总是打扫得干干净净、冷冷清清的，除此之外，不记得别的什么。冈田心里确实曾思量过：究竟是什么人住在里面？当然不会有答案。反正纸窗一向不是关着，就是挡着竹帘，屋里静悄悄的。这么看来，那女人近来似乎对外面很留意，开着窗在等自己走过。冈田终于做出这样的判断。

　　每次经过都见面，往往就想这些事，冈田不知不觉对窗内女人觉得亲切起来。不到两个礼拜的工夫，一天傍晚，照例经过窗前，他无意中脱下帽子敬了个礼。女人白净的脸上忽地通红，寂寞的微笑变成如花的笑靥。从此，冈田走过时必定向窗内的女人致敬。

三

　　冈田喜欢看《虞初新志》①，其中《大铁椎传》几乎全都背得。为此，多年前曾想习武，由于没有师傅，也就作罢了。这几年，热心于划船，经同伴推荐，当上选手，能取得这样的进步，也因冈田做事有毅力。

---

① 清代张潮编，所收多为明末清初文言短篇，共二十卷。

《虞初新志》里，还有一篇文章冈田很喜欢，那就是《小青传》。传里所写的女主人公，用新词儿来形容，就是视美丽如同性命，悉心修饰自己，让死亡的天使等在门外。这位女主人公，真不知让冈田有多同情。在冈田看来，女人是美丽而可爱的，不管处于什么境遇，都该安心于维护自己的美丽与娇柔。这恐怕也是他平素喜读香艳体诗歌，以及中国明清时期Sentimental（感伤）而fatalistisch（宿命）的才子佳人小说，潜移默化中受了影响所致。

冈田向窗内女人点头致意后，过了很久，压根儿没想打听女人的身世。当然，从她家的样子，她的穿着，也猜得出来，是人家的外室。不过，并不觉得有什么值得不高兴的。她姓甚名谁固然不知，但也不一定非知不可。看看门牌许会知道，他未尝没这么想过。可是，女人在窗内的时候，不免有些顾忌。她不在时，又怕近处有人，或被路人看见。所以，檐下小小的木牌上写的什么字，一直没去看。

四

其实呢，冈田才是这故事的主人公，关于窗内女人的身世，直到事情过去以后我才听说的，为方便起见就先说个大概吧。

那是大学的医学系还在下谷时的事。当年藤堂藩主府的一排门房，做了学生宿舍。灰瓦上涂着灰浆，墙上开出一个个窗户，就像棋盘格一样。窗户全敞着，竖着嵌了一排胳膊粗的木头。学生住在里面，说来可怜，简直像牲口似的。当然，现在要想见识一下那种窗户，只有丸之内的望楼上还保留着，连上野动物园关狮子老虎的兽笼，格子都做得比那窗户精致。

宿舍里有杂役，学生可以差他跑腿。学生扎着白布腰带，系着小仓产的棉布裙裤，买的东西千篇一律，就是所谓的"羊羹"和"金米糖"，羊羹者，实乃烤白薯；金米糖者，开花豆也。文明史上或许值得记下这一笔，以备参考。杂役跑一次腿可得两分钱。

有个杂役叫末造。别人胡子拉碴，像毛栗子壳咧开嘴，可是末造，胡子刮得干干净的，泛青的下巴上嘴唇抿得紧紧的。别人身上的小仓布衣裳邋里邋遢，他却整齐利索，有时还穿件蓝条纹或是别的衣服，系上条围裙。

也不记得是什么时候谁说起的，听说缺钱时末造肯垫付。不过是五角、一元的小数目，慢慢地变成可借五元、十元，但要写借据或欠条，最终成了一个十足放高利贷的。本钱到底从何而来？难道靠那两分跑腿钱攒下来的？一个人若肯倾注全力，专心于一事，恐怕就没有办不到的事。

学校从下谷迁到本乡的时候，末造已经不当杂役。他搬到池之端，家里不断有些毛手毛脚的学生进进出出。

末造当杂役的时候已经三十出头，虽说家穷，倒也有妻有子。自从放高利贷发了财，搬到池之端以后，开始嫌老婆又丑又唠叨，觉得不够意思。

这时，末造忽然想起一个女人来。从前他去大学干活，要穿过练屏町后面一条小胡同，路上常常遇见她。那条路上阴沟盖总是坏的那附近，有座黑黢黢的房子，门常年半掩着。夜里从门前经过，房檐下停着车拉的摊床，即便没这些，也得侧着身子才能走过小胡同去。当初引起末造注意的是，这户人家里有练三弦的声音。后来知道，弹三弦的是个可怜的姑娘，年纪只有十六七岁。这姑娘和这户人家很不相称，总是干净利落，穿着整洁。站在门口，见有人过来就立即回身进到黑黢黢的屋里。末造生性谨慎，也没去特意打听，只知道那姑娘名叫小玉，没有娘，跟爹两人过日子，她爹在秋叶原摆个摊床做糖块卖。不久，胡同尽头里的那人家发生了翻天覆地的变化。檐下的摊床，夜里走过时已不见。一向是悄无人声的房子和周围，用当年流行的字眼来形容，已被"开化"的物事所取代。一半坏一半翘的阴沟盖换成了新的，门口也装修了一番，换上了新格子门。有时还看到门口有脱下的皮鞋。又过不久，门口钉上了新门牌，写着警察某某。末造到松永町、仲徒町那边买杂物时，不经意中，得知卖糖块的老爷子招了上门女婿，门牌上的警察便是他姑爷。老爷子把小玉看得比眼珠还要紧，把闺女交给吓人的警察，真好比天狗抢去了心头肉。姑爷闯进家里，老爷子大不自在，同平时的朋友商量，却没一个人肯明明白白地劝他回绝掉。你瞧瞧，有的说："本来就说给找个好人家，你偏说就这么个独生女儿，舍不得，还说些叫人为难的话。现在可倒好，招来这么个没法拒绝的女婿来。"也有的吓唬他说："你要不愿意，只能搬到远处去，没别的法子。人家是巡警，马上能查出你搬到哪儿去了，会找上门去算账，不管怎么着，你逃不出他手心。"其中有个老板娘，都说她最明白事理，听说她是这么讲："你闺女长得这么俊，三弦师父也夸她，看样子能有出息。所以，我不是说过么，趁早送她去学当艺伎。哪天来个巡警，挨家挨户转悠，看见长得娇小玲珑，独自留在家里，就不由分说给带走了。反正让那种人看上了，只能自认倒霉，还能有什么法子！"末造听了这些言论后又过了三个来月。一天早晨，卖糖块的老爷子家，大门关着，门上贴张条子，上写"吉屋招租，承办人在松永町西"。于是，末造买东西时，顺便又听到街坊传闲话。巡警在老家原本有老婆孩子，冷不防来找他，结果大吵大闹。小玉跑出屋说要投井，让瞧热闹的邻居大妈好不容易给劝住了。巡警说要当上门女婿时，老爷子曾同好些人商量过，当时竟没一个能在法律上给他出出主意。户籍怎么办啦，交什么申请表啦，老爷子全没当回事。巡警捻着胡子说："手续的事就甭操心了，我包了。"老爷子信以为真，一点都没起疑。当时松水町有个北角杂货店，店里有个长得白白净净的姑娘，圆脸盘，短下颏，学生都叫她"无颏姑娘"，她告诉末造说："小玉真可怜呀！那孩子忒老实，竟真拿他当丈夫。可人家巡警大爷，成心住旅馆呢。"北角老爷子是个秃头，他手摸着光溜溜的秃头，一旁插话道："老的也挺可怜哪！在街坊面前抬不起头，说是这样下去可不成，就搬到西鸟越那边去了。那一带没有什么孩子买他的糖，原先的生意做不成，于是又到秋叶原去摆摊。摊床本来卖掉了，说是到佐久间町的旧货店去求人家，又赎了回来。又是赎车又是搬家的，恐怕花了不少钱，想必挺困难的。想想那时巡警把老婆孩子晾在那儿不管，大模大样地喝酒，逼着没酒量的老爷子陪他，咳，八成做梦，以为在享老来福呢。"打那以后，末造把卖糖块的闺女小玉给忘了。可是发了财，手头阔了，他忽然又想了起来。

如今，末造在地面上越来越有面子了，他暗中派人到西鸟越一带去找，打听到卖糖块的老爷子，现住在柳盛座戏园子后面车行的隔壁，小玉还没有嫁出去。于是，派人去说合：有个大财东想纳小，不知行不行？最初小玉不愿意当小，但她为人孝顺，结果为了她爹又答应了，在松源酒楼跟当家的要行见面礼，事情已经进行到这地步了。

五

末造除了钱，就不曾想过别的事。现在，一旦打听到小玉的下落，还不知人家答不答应，就亲自到附近去找房子，看了几处，有两处临街的房子挺中意。

一处也在池之端，在不忍池的西南角。那座房子正在末造家和当时有名的荞麦面馆莲玉庵的中间，更靠近莲玉庵，离街面略往后缩。房子的院落里，栽了一株高野罗汉松、两三株矮罗汉柏，从树缝里看得见竹格子窗。因为贴着招租帖子，便进去瞧了瞧。还有人住着，一个五十来岁的老婆子带路，让进屋里看。老婆子自说自话道："当家的原先是西部某诸侯的家臣总管，取消藩制以后，为挣两零花钱，就到大藏省当差。人已六十多了，爱干净，走遍了东京，只要有新盖好的房子出租，就租下来，一旦有点旧，立刻就搬家。当然啦，孩子老早就单过了，房子一点都没糟蹋，不过呢，住了人总要旧的，纸门非重新糊过不可，草垫子上的席子也该换。"可她丈夫不愿找那麻烦，立马就要搬走。老婆子不厌其烦，同一个陌生人唠叨丈夫的事，说这屋里，哪儿都还好好的，就要搬家。说着，让末造把屋里仔细瞧了一个遍。屋里各处都打扫得非常干净。末造觉得还不错，便把押金、房租和管房子人的名字记在小本上。

另一处就是无缘坂中段的那座小房子。当初，连招租帖子都没有，是听人说要出让，末造才去看的。房主是汤岛那边开当铺的，房主的老爷子一直住在小房子这儿，最近死了，房主就把老太太接了过去。隔壁是教裁缝的，有点吵。不过，人家为了在此颐养天年，特意种上一些树，看样子住着会很惬意。从门口的格子门，直到津花岗岩台阶的院子，显得既整洁又幽静。

末造在床上翻来覆去，想了一个晚上：究竟该挑哪一处？老婆为哄孩子睡觉，哄着哄着自己也睡着了，躺在身旁，嘴巴张得老大，鼾声打得很响，简直没个女人样。老公只顾盘算如何放钱增利，通宵熬夜是常有的事，究竟熬到什么时辰才睡，老婆从来都不放在心上。末造心里禁不住好笑，一边瞧着老婆的脸，一边心想：咳，同样是女人，竟有长成这丑样的！想那小玉，虽然很久没见面，那时还带着孩子气，老实听话，却透着一股刚强劲儿，模样长得真是爱煞人了。这会儿，出息得想必女人味更足了吧？单瞧她那张小脸蛋儿就让人开心。臭婆娘！让你什么都不在乎，睡你的大觉去吧！你以为老子光是算计钱的事吗？那你就大错特错了。咦？有蚊子啦？下谷就这点讨厌。该挂蚊帐了，这婆娘倒没什么，会咬孩子的。想到这儿，又琢磨起房子的事。左思右想，等到打定主意，已经过一点了。他是这么想的：有人也许会说，景致好的房子才好。要说景致，池之端的房子就够不错的了。房租虽说便宜，租下来之后这个那个的事太麻烦。再说，地面过于开阔，惹人注意。不小心开了窗，这婆娘领着孩子去仲町，要是给她瞧见就麻烦了。无缘坂那儿暗一些，不过，那地方除了学生散步，几乎没人来往。一次掏偌大一笔钱买下来，教人怪舍不得，但用的都是好料，合计下来算便宜的，若再上保险，日后卖掉，本儿还能捞回来。这样算下来，倒也可以放心。就买无缘坂那座吧，就这么定了。到了明日傍晚，洗完澡，收拾得体面些，编几句瞎话把这婆娘糊弄过去，就可以出门啦。等我打开那格子门，一直走进去，会是个什么情景呢？小玉那小冤家，腿上抱个猫儿什么的，孤孤单单地在盼着我吧？准会打扮得漂漂亮亮地等我，这还用说。得给她置几套衣裳，别急，钱可不能乱花呀！当铺里也有好东西，用不着像别人那样，叫女人穿的戴的过分讲究。隔壁福地家的房子，比我们家的气派得多，带着数寄屋町的艺伎到池之端来招摇，让那些学生家瞧得眼红，还觉得挺得意，可是，家里穷得捉襟见肘。他算哪门子学者！还不是靠一管笔，专拣好的写。哦，对了对了，小玉会弹三弦，让她弹段小曲听听倒不错。她除了当过巡警太太，一点不懂世故人情，恐怕不肯弹。准会说"不嘛，会笑话我的"、。我命令她"弹呀"！最终还是不肯弹。什么都爱害羞的吧？一准儿是脸上通红，羞答答的。我头一天晚上去，该怎么办才好呢？他止不住胡思乱想，东想西想，想的事慢慢变成零碎片断，白皙的肌肤在眼前闪现。听见窃窃私语，末造终于迷迷糊糊睡着了。身旁的太太，依旧鼾声不断。

六

在松源见面那天，末造想给自己fête（庆贺）一下。虽说是吝啬鬼，攒钱的人也分各式各样。他们有个清一色的毛病，就是小处着眼，一张手纸要分成两半用，有事写明信片，密密麻麻的小字，不用显微镜都认不出。这已影响到他们生活的方方面面，绝对奉行，这是真正的吝啬鬼。再一种，就是在某一点上能开个口，缓口气。过去，小说里写的、戏台上演的守财奴，差不多全是极端的家伙，而活着就为攒钱，实际上有很多不尽如此，虽说吝啬，但有的好色，有的好吃。前面曾提到，末造喜欢穿着得体，在大学当杂役时，到了休息日，就脱掉那身固定的小仓布做的筒袖褂子，换上漂亮的衣衫，像个地道的商人。他把换装当成一种乐趣。学生遇见穿一身蓝条纹布褂的末造，不禁大吃一惊，也是这个原因。除此之外，末造没有特别的嗜好，既不嫖娼，也不下馆子。到莲玉庵吃碗面，都要发个狠，豁出去才行。老婆孩子还是很久以前带去过，眼下绝不敢再开口要他带出去，那是因为老婆的衣着和自己的服饰太不相称了。老婆若要他给买点什么，末造总是推辞："别说浑话。你跟我不同，我有应酬，是迫不得已。"把老婆驳回去。后来，钱生了利，末造也开始出入饭馆酒楼，那只限于随大流凑份子，自己却从不花钱去吃饭。现在跟小玉行见面礼，忽然来了兴致，要摆个solennel（盛大的）排场，发话说在松源酒楼办事情。

且说眼看要行见面礼了，却碰到一个难题：就是给小玉置装的事。单是小玉的倒也罢了，连她老子的行头也得置办。从中牵线的老婆子好不为难，那闺女对她老子的话百依百顺，非不让她老子出席的话，难保不把事情谈崩了。老爷子自有他的道理："小玉是我的独生女，命根子。她跟别人家的独生女不同，除了她，我没别的亲人。原先我跟老婆两个人相依为命，过着清寒的日子，可她死了。我老婆当年三十多才生头生，生下小玉，结果得病死了。求人家帮着喂奶，刚四个月大时，整个江户（东京）流行麻疹，大夫都不肯再看了，我扔下生意，什么都不顾，一心看护她，好不容易保住了一条小命。当时，世道正乱，先是暗杀井伊大老①，这之后的第二年，又出了横滨生麦杀洋人的事。她就是那年生的。后来，生意没了，家产也光了，我几次想死掉算了，可是，她用小手抚弄我的胸口，一双滴溜溜的大眼睛看着我笑。我不忍心丢下可怜的小玉，咬牙忍住了，一天天地苟延残喘。小玉出生时，我已经四十五了，加上一直辛苦操劳，比年纪显老。俗话说，一人吃不饱，两人

---

① 井伊大老：井伊直弼，是日本的近江彦根藩主、江户幕府末期的大老，曾经与美国签订日美修好通商条约。1860 年在樱田门外被倒幕志士暗杀。

能糊口。有人好意劝我，把孩子送回老家，给我介绍个有点钱的寡妇，上门入赘。我可怜小玉，一口回绝了。也是人穷志短，想不到，我一手拉扯大的小玉，竟让骗子给耍了，我好不痛心。幸亏人家都夸这闺女好，有心把她嫁到一户可靠的人家去，因为有我这样一个老子拖累她，没人求亲。我也想过，不论怎么着，绝不当人家的外室，给人做小。但是，你说老爷人靠得住，小玉明年也该二十了，想趁她青春年少，好歹找个婆家，我只好凑合了。我把宝贝闺女小玉给他，务必得让我一起去，见见老爷。"

这话带给末造时，末造觉得和自己的想法不大一样，心里不太满意。本来想，等把小玉带到松源，就尽快把牵线的老婆子打发走，剩下他和小玉两人单独相对，正可开心取乐，结果落了空。老爷子跟着一起来，说不定会更隆重。末造也有心要摆摆阔，这欲望一向压抑着，现在是解开绳索的第一步，意味着新生活的开始，而见面礼，更是这新生活首要的一步。然而，她老子插进一脚，这热闹场面就变味了。听老婆子说，父女俩都很本分，要闺女给人做小去服侍人，起初两人异口同声都不答应。后来有一天，老婆子把小玉叫到外面，劝她说："你爹一天天地做不动了，你就不想叫你爹享两天清福吗？"劝了半天，才点头答应，后来把她爹也说动了。末造听了这话，当时心里还偷偷高兴来着，居然能弄到这么一个温柔贤淑的姑娘。父女俩这么诚实耿直，要一起来松源，这头一回见面，岂不变成女婿拜见老丈人了吗？这场面的变化，不啻给末造发热的脑袋浇了一瓢冷水。

但是，末造心想，一直把自己吹成堂堂正正的生意人，这回非拿出个样儿来不可。为了显摆自己阔绰大方，他最后同意给父女俩都置办衣物。既然小玉到手，她老子的事就不能不管，全当后事提前办，只好认了。这也促使他拿定主意应承下来。

那么眼下就得说好花费多少，给人家一笔钱。可是末造不这样办。末造好穿戴，自己专有一家裁缝做衣裳，他就去找人说清楚，给两人挑好合适的衣料，尺寸叫老婆子去问小玉。可怜小玉父女俩，还以为末造精明吝啬的作为是一片好心，不拿出现钱是出于对他们的尊重。

七

上野广小路那里很少发生火灾，不记得松源失过火，所以，那家店现在说不定还在。

末造要挑一间幽静而小一点的包间，从朝南的大门进去，径直走过廊子，没走几步便朝左拐，给带进一间六席大小的房间。

穿着号衣的伙计正在卷起遮阳的大纸帘子，是涂了柿漆的那种纸。

"天黑之前，一直西晒着。"带路的女侍解释一下便退了下去。壁龛里挂了一幅手绘的浮世绘画轴，不知是原作还是赝品。花瓶里插了一枝栀子花。末造背对壁龛坐了下来，目光尖利地向周围扫了一眼。

楼下和楼上不同，房间虽然特意朝着不忍池，煞风景的是，当年外面有赛马场的围栏，历经沧桑，而后又改成自行车的赛场，所以，屋外围了一道竹篱笆，免得池边路上的行人往里张望。墙与房之间，仅留一道窄窄的地面，像带子似的，没法按庭院布置。从末造坐的地方，能看见长在一起的两三棵梧桐树，树干如同拿油抹布揩过一样。还能看见一只春日灯笼，此外就只有疏疏散散的小扁柏了。太阳依旧照了一会儿，广小路上来来往往的行人脚下，扬起白花花的尘土，而篱笆内，洒过水的苔藓却青翠翠的。

　　不大会儿工夫，女侍送蚊香和茶水来，问点什么菜。末造说等客人来了再点，让女侍退下，一人独自抽烟。刚坐下时觉得有点热，隔了一会儿，从廊下吹来一阵阵的小风，因经过厨房和厕所，微微带着各种气味。女侍刚才在他身旁放了一把脏兮兮的团扇，但末造压根儿就用不着。

　　末造靠在壁龛的柱子上，一边吐烟圈，一边又胡思乱想起来。当年路上看见小玉时，就想"真是个好姑娘"。但那时，毕竟还是个小姑娘。现在长成什么样了呢？今天来，会打扮成什么模样呢？她老子也跟了来，太不作美了。心里寻思着能不能想个法子，把老爷子赶快打发走？二楼上正在调三弦。

　　廊子上响起两三个人的脚步声，"客人到了。"女侍先进屋通报说。"请吧，直接进屋吧。老爷人开通，用不着客气。"说话的是牵线的老婆子，声音像纺织娘叫。

　　末造忽地站起来，走到廊下一看，老爷子正猫着腰，在拐角靠墙那里磨蹭，站在他身后的，便是小玉，没一点胆怯的样子，好奇地东张西望。原以为是个胖乎乎的小圆脸，蛮可爱的小闺女，不知不觉的，竟长成一个瓜子脸，比以前出落得更娟秀了。银杏髻梳得很光溜，这种场面，一般人都浓妆艳抹的，而她没有，可以说是张未施脂粉的素净脸。跟末造想象的大异其趣，只显得更加标致。末造瞧得眼睛都直了，真是称心如意。而小玉这边，是怀着舍身救父的决心来的，反正是卖身，管他是什么买主，不承想，见了面色微黑、目光锐利、有点讨人喜欢的末造，穿着还颇有趣味却又不扎眼，她仿佛又捡回一条性命，刹那间也感到一丝满意。

末造指着座席，恭敬地对老爷子说："请到那边坐吧。"随后把目光移向小玉，催促道："请吧。"把两人安置定当，又把老婆子招呼到一边，交给她一个纸包，悄悄儿说了几句话。婆子又恭敬又有些不怀好意地笑着，露出染黑①的脏牙，已经斑驳褪色，再三地点头哈腰，当即就退出去了。

等回到座位，见父女俩回避，一起躲在门口，末造再殷勤地招呼他们入座，向等在旁边的女侍订菜。不大会儿工夫，端上酒和小菜，先敬了老爷子一杯。从谈吐中可以看出，老爷子毕竟从前过过好日子，不像那种没见过世面、骤然穿上新衣裳的人。

末造起初以为老爷子碍事，心里火烧火燎，没想到感情反慢慢融洽起来，平和地拉家常。末造一方面尽其所能，显示他的全部善

---

① 日本古代，已婚妇女时兴将牙染黑，明治初年此风犹存。

良，一方面心里偷偷乐：能让性情温柔的小玉信任他，无意中倒是一个好机会。

上菜的工夫，三个人的样子，让人还以为是一家人出来游逛，上酒楼吃饭的。未造对妻子一向像个tyran（暴君），妻子有时反抗，有时屈服。等女侍走开，看小玉羞红着脸，腼腆地含笑斟酒时，未造体味到一种从未有过的、淡淡而真切的快乐。他下意识地感到，酒席上这幸福的影子，宛如在幻境里，同时不由得反观自己的家庭生活，何以没有这种情趣呢？这种相敬如宾的感情，要维持下去，需要多大的约束？这种约束，自己和老婆，究竟做得到做不到？从来没有商量过，也没仔细考虑过。

突然，墙外嗒嗒地响起梆子声。接着一个声音嚷道："哎，哪位捧场点一出？"楼上的三弦声停了下来。女侍扶着栏杆在说什么。下面换了粗重的声音应道："好啊！那就来两出折子戏，成田家的《河内山》和音羽家的《直次郎》。《河内山》先上。"

女侍来换酒壶，说道："哟，今儿晚倒是真戏子。"

未造不懂："你说真的假的，还有什么分别吗？"

"可不是，这些日子是大学生来卖艺。"

"带乐器了吗？"

"带呀，行头之类也一模一样，但一听声音就知道。"

"那么，是固定的一班人马吗？"

"是呀，只有一个人演。"女侍笑着说道。

"姐儿，你认识他吧？"

"因为常上这儿来嘛。"

老爷子从旁说道:"学生里也有多才多艺的呀。"

女侍没作声。

末造出奇地笑了起来:"反正这些人,读书都不怎么样。"说着,心里想起常来找他的那些学生。其中有的极力模仿手艺人的样子,以到商铺小店问价取乐,平时说话用词,都学手艺人那套。不过末造没有想到大学生中还真有人靠模仿他人声音过活的。

席上,小玉一声不响地听他们说活,末造觑着她,问道:"小玉姐捧哪个角呀?"

"谁都不捧。"

老爷子补充道:"因为她从来不看戏。柳盛座戏园子离得这么近,街坊那些姑娘都去看,小玉从来就不去。听说那些爱看戏的姑娘,一听见咚呛、咚呛响,在家里就待不住了。"

老爷子的话里,带有夸女儿的意味。

八

事情已经说定,小玉搬到无缘坂去住。

可是,末造把搬家想得过分简单,这事上又多少出了点麻烦。小玉提出,希望尽可能把她爹安置在近处,好不时过去瞧瞧,照看一下。起先小玉打算把拿到的月银,分一大半给老爷子,再找个小使女伺候他，让六十多的老人家过得舒坦些。这一来，就不必留在鸟越那边住车行隔壁的破屋子里了。既然要搬，最好搬得近些。这就和相亲时一样，本来单叫他女儿一个人去，结果老爷子也跟着去了。这回末造满以为收拾好房子，把小玉迎过去就成了，闹了半天父女俩都得搬。

当然，小玉也表示，让父亲搬家是她自作主张，一切花费不给老爷添麻烦。但是，她既然这么说，末造就不能装聋作哑。相过亲，对小玉越发中意，末造想显示一番自己的大方的心思又开始活跃了。结果是让小玉搬到无缘坂，老爷子搬到末造先前看好的另一处房子，就是池之端那座。这样商量下来，不论怎么说，小玉就用自己那份月银把一切事都办妥了。可是，眼睁睁地看着她紧巴巴的，自己却装作没事人似的，也办不到，所以不管什么都得开销，末造又大方了一下，掏出这笔费用，有好几次让牵线的老婆子吃惊得目瞪口呆。

等两边都搬完家，消停下来，已是七月中旬了。小玉说话和举止是那么妩媚，真叫他越看越爱。在银钱交易上，末造调动了他性情中一切严苛的成分，唯独对小玉，使尽了温存抚慰的手段，天天晚上到无缘坂来，讨小玉的欢心。史家常说"英雄爱美人"，这里怕是也有这么点意思。

末造没有过过夜，但天天晚上都来。经那个老婆子介绍，末造给小玉雇了一个十三岁的使女，叫阿梅。像小孩子过家家似的，在厨房里学着做饭。因为没有人可以说说话，渐渐地，小玉感到无聊，到了傍晚，心里开始盼着老爷早点来，等她意识到，自己也觉得好笑。在鸟越住的那会儿，爹出去做生意，小玉一个人看家，做点活挣钱，心里算计着：做这么多能挣不少钱呢？爹回来一定吃惊，会夸自己吧？虽说跟街坊上的姑娘处得不熟，小玉也从来没觉得无聊过。现在她明白，整天养尊处优，人就开始无聊了。

尽管如此，小玉的无聊，到了傍晚好歹有老爷来安慰。奇怪的是，搬到池之端的老爷子，一辈子疲于谋生糊口，突然享起清福来，自己都觉得像失了魂似的。从前在小油灯下，跟小玉两人说说闲话，父女俩亲密无间，那样的夜晚，简直像美梦，再也不会有了，他有说不出的留恋。他估计，小玉该来看望了，天天都在盼。但是过了好些日子，小玉一次都没来。

头一两天，老爷子乍住进漂亮的房子，心里那份高兴劲儿，叫乡下出身的女佣只管打水烧饭，他自己亲自收拾打扫，想起缺什么，便差女佣到仲町去买回来。等到了傍晚，一面听女佣在厨房里叮叮当当做饭的声音，一面给窗外高野罗汉松浇水；或是抽着烟，望着上野山上昏鸦聒噪，雾霭在池中岛辩天神社的林子上在莲花盛开的水面上，一点点弥漫开来。老爷子觉得一切都很难得，什么都十全十美。但在那一刻，心里同时也感到有点美中不足：那就是小玉不在身旁。小玉一生下来，是自己一手把她抚养成人，用不着说话，彼此也能心意相通，事事温柔体贴。自己从外面回来，总有小玉在家迎候。坐在窗畔，望着池中景色，看着来来往往的行人。此刻，一条大鲤鱼正跳了出来。眼前，那个西洋女人帽子上插的羽毛多得像整只鸟。老爷子看到兴起，每每想喊"小玉，快瞧！"可小玉不在，他感到很失落。

又过了三四天，老爷子开始烦躁起来。女佣在一旁做事，也让他心烦。几十年没使唤过人，他又生性温和，不会呵斥人。只是女佣做事件件不合他意，心里实在有气。他拿女佣和小玉比，小玉举止稳重，做起事来轻手轻脚，难怪乡下来的女佣要困惑不解。终于在第四天伺候他吃早饭的时候，看见女佣把拇指杵到汤碗里，他忍不住说道："不必伺候了，一边待着去吧。"

吃完饭，看了看窗外，天空阴沉沉的，但没有要下雨的样子，也没有晴天那么热，似乎很舒适，便想出去散散心，遂走出了家门。可是又怕不在家的时候小玉过来，就不时回头朝家门口张望，光在池边溜达。在茅町和七轩町之间，顺路能到无缘坂，中间有座小桥，不大一会儿，他就走到那里。寻思着，要不要去看看女儿？不知为什么又打消了念头，连自己都觉得客气得出奇。倘若是母亲，无论什么场合，也不会和女儿如此隔膜。"奇怪，真奇怪。"心里念叨着，终于没有走上桥去，依旧在池畔溜达。他忽然发现，末造的家就在水沟的对面。这是搬家时，牵线的老婆子在窗口一边指着一边告诉他的。一眼看过去，房子的确气派，高高的土墙外面，斜着围了一圈削尖的竹子。听说隔壁人家姓福地，是了不起的学者，福地的房子大归大，就是太陈旧，太鄙俗，一点也不气派。站了一会儿，瞧着末造家原木色的后门，大白天也关得紧紧的，他压根儿没想进去看看。然而，一种无可奈何的寂寥感蓦地袭上心头，无所思量，愣着只管出神。如果用语言来表达，只能说是穷途潦倒，卖女为妾，一种为人父的感慨吧。

挨过一个礼拜，女儿还是没来。思女之心越来越深，结果渐生疑窦：那丫头享了福，会不会就忘了爹？即便他真心这样怀疑，也只不过是想着玩罢了，疑心归疑心，倒没觉得女儿有多可恨。就像对人说气话一样，心里只是想，她若真的可恨倒还好了呢。

尽管如此，老爷子近来常有这样的心思。光待在家里，免不了要胡思乱想，我得出去走走，但回头她来了见不着我，会觉得遗憾吧？不然她就准想：特意来了，让人家白跑一趟。随她想去吧！老爷子心里这样嘀咕着，出了家门。

到了上野公园，恰好在树荫下找到空椅子，便坐下去休息。望着穿号衣的人力车夫从公园穿过，老爷子心里想象着，这会儿自己不在家，女儿来了不知所措的样子。此时的感触是，她活该！自己要体验一下这种感情。这几天晚上，有时到吹拔亭去听圆朝说书，或是驹之助说唱。即使人在书场，心里仍惦记女儿会不会回家来。忽地又转念，女儿该不会上这儿来吧？有时就去巡视梳银杏髻的年轻女子。有一次，幕间休息时，看见一个梳银杏髻的女子，跟着头戴一顶当时还很少见的巴拿马草帽、身穿单和服的男子上了二楼。她手扶着栏杆，坐下之前，先打量着下面的客人。猛然间，老爷子把她当成是小玉。仔细看过去，脸比小玉圆，身材也矮。而且，戴巴拿马草帽的男人，不仅带了她一个，身后还有三四个梳岛田髻、桃形髻的，都是艺伎或者雏伎。坐在老爷子身边的学生说："呀，我们福地先生来啦。"散场回去的时候，有个女人挑了一盏长柄大灯笼，上面斜着写有三个红字——"吹拔亭"，给戴巴拿马草帽的人送行，几个艺伎和雏伎相随身后。老爷子一路上跟着他们一行，时而落在后面，时而走在前面，一直回到家里。

九

小玉自幼没有离开过父亲，现在不知老爸过得怎样，很想去看望。可是老爷天天来，自己不在家怕惹他不高兴。所以，心里尽管惦记着，却一直没去父亲那儿，一天天拖了下来。老爷从来不待到天亮，早的时候十一点来钟就回去了。有时来了，"今儿个还得上别处，先过来看看。"说着在方火盆的对面坐下来，抽会儿烟就走了。老爷究竟哪天不来，小玉算不准日子，没法决定哪天去。白天出门也不是不行，但是，小使女还完全是个孩子，什么事都不能放手交由她做，而且，总觉得会给邻居瞧见，所以小玉不愿意白天出门。起初，去坡下洗澡，也先要叫小使女出去看看有没有人，然后再悄悄溜出去。

虽说没什么事，但搬来的第三天，还是出了一件事，让胆小怕事的小玉吓得心惊胆战。搬来的头一天，菜店的和鱼店的都拿着账本，请她同意以后送货上门。可是那天鱼店的没来，便打发小梅到坡下去随便买些回来。事情就出在这时。小玉并非天天都要吃鱼。父亲一向不喝酒，只要对身体没坏处，什么菜都行，现成有什么菜都能下饭，已成习惯了。然而别人会议论说"那户人家穷，他们家几天都不见荤腥。"不能叫小梅心里委屈，再说也对不住老爷的厚待。出于这种心思，特意叫小梅到坡下去看看。没想到，小梅竟哭丧着脸回来了。问她，怎么了？原来事情是这样的：小梅找到一家鱼店，但不是送货上门的那家。老板不在，老板娘在店里。大概老板从码头回来，留一些货在店里，然后自己就挨家挨户给主顾送货去了。店里有许多新鲜鱼，小梅看中一堆新鲜的小竹荚鱼便打听价钱。"没见过你这个小丫头，是从哪儿上这儿来买东西的？"小梅回说是从谁家来的，老板娘马上板起脸："噢，是吗？对不住你啦，回去吧，就说，我们店没鱼卖给放印子钱的小老婆。"说完就转过脸去，只管抽烟不理她。小梅受了一肚子窝囊气，也没心思再上别的鱼店，就跑回家来。到了主人面前，可怜巴巴的，把鱼店老板娘的话，断断续续复述了一遍。

小玉一听，连嘴唇都变得煞白，好半天作声不得。一个未经世事的女儿家，心中百感交集，一片chaos（混沌），像团乱麻，自己都无法理清。惶惑迷乱的情绪，整个儿重重地压在她的心头，全身的血仿佛都流到心里，脸色煞白，背上冷汗直流。这时，使她首先恢复意识的，不是什么了不得的事，而是想：出了这样的事，小梅怕是不能再在这儿待下去了。

小梅一动不动，盯着主人失去血色的面孔，只知道太太非常窝火，但不明究竟。她忽然想到，自己只顾生气回家，中饭的菜还没有着落，这样待着怪对不住太太的。方才给的买鱼钱还别在腰带里没拿出来。"真的，没有那么讨厌的老板娘啦。谁稀罕买他们的鱼！我再往前走走，小稻荷神社那儿还有一家。我马上就去买回来，好吗？"小梅安慰似的看着小玉的脸庞，站了起来。小玉感到小梅还是向着自己的，刹那间的安慰让她感动，随之笑了笑，点了点头。小梅立即吧嗒吧嗒跑了出去。

小玉依旧坐在那里没动弹。情绪稍稍缓和下来，却终于忍不住流出眼泪，便从袖子里掏出手绢捂住眼睛。听见心在呼喊：好难过呀，好难过呀！这是心中那片混乱发出的声音。是因为鱼店不卖鱼给她觉得可恨？还是因为不卖鱼给她从而知道了自己的身份，觉得恼火、感到难过的呢？当然不是。难道是因为自己委身于末造，现在知道他放高利贷而恨他的缘故？抑或是因为自己委身给这样一个人，而觉得委屈、感到难过的呢？也不。小玉隐隐约约知道高利贷令人厌恶，叫人害怕，受世人唾弃。不过，父亲只去过当铺当东西，虽说账房刻薄，不肯如数给出父亲要的数目，但父亲只是说声没办法，从不死乞白赖，哀求账房，也没怨过恨过人家。就跟小孩子怕鬼、怕巡警一样，仅知道放高利贷的可怕，并没有切身之痛。那么，她难受的是什么呢？

说到底，小玉心里难受，很少愤世嫉俗的意味。若硬要说她恨什么，或许说是恨自己的薄命倒未尝不可。自己没做过坏事，为什么要受别人的欺侮？对此她感到痛苦。恼火便是她宣泄痛苦的方式。想到自己上当受骗，被人鄙弃，小玉生平头一次感到悲哀。后来，到了最近，不得不给人做妾，又一次体验到这种心情。现在不单是给人做妾，做的还是人人嫌恶的放印子钱的妾。等她明白这一点时，从前的"剜心之痛"，虽经"时间"的啃啮磨去了棱角，被"认命"之水冲褪了颜色，现在重又以鲜明的轮廓、强烈的色彩，在小玉的心中浮现出来。小玉那块心病的真正原因，硬要理出头绪来，恐怕就是这个吧！

过了好半天，小玉起来打开壁橱的门，从粗皮包里取出自己做的细白布围裙，围在腰上，长长叹了一口气，走进厨房。同样的围裙还有一条绸子的，小玉盛妆时才围，进厨房从来不用。就连单和服她也怕把领子弄脏，发髻能蹭到的地方，便用手绢叠起来垫上。

此时小玉差不多已经平静下来。认命是她时常乞灵的心理告慰，她的精神，只要向这方面一靠，就如同机械上了油，顺滑流畅地转动起来。

十

那是一天傍晚的事。末造来了，坐在方火盆的对面。从第一天晚上起，每次见末造来，小玉就拿出坐垫摆在方火盆对面。末造盘腿坐在上面，一边抽烟一边说些家常。小玉手不知放哪好，便在自己平日坐的地方，不是摩挲火盆边就是摆弄火筷子，含羞地答上一句半句。看那样子，若是让她离开火盆去坐，恐怕会窘得不知待在哪儿才好。可以说她是拿火盆当挡箭牌。说了一会儿话之后，小玉忽然有腔有调滔滔滚滚说了起来。大抵是她同父亲相依为命的那几年里所经历的酸甜苦辣。与其说末造在听她说，倒不如说像在听养在笼子里的蛉虫叫，听那鸣啭的哀音，不由得微微笑起来。这时，小玉蓦地发现自己话太多，羞得满脸通红，猛地顿住口，又恢复先前少言寡语的姿态。在某些方面，末造精于观察，眼光比刀子还尖，小玉的言谈举止，显得那么天真无邪，在末造看来，就像看水盆里那清水一样，没有他看不到的。这样两人相对的滋味，对末造来说，好比辛劳过后，泡在凉热适中的水里，一动不动地暖和着身子一样惬意。末造从来没尝到过这种滋味，自从来这个家以后，就像猛兽由人豢养，不知不觉受到culture（驯化）。

又过了三四天，末造照例盘腿坐在火盆对面。终于发现小玉没特别的事要做，却故意忙来忙去，显得心猿意马的样子。小玉羞怯地躲着他的目光，或是半天不答话，这情形开头也曾有过。但像今晚这样子，似乎别有缘故。

"喂，你在想什么哪？"末造一边装烟袋一边问。

方火盆的抽斗已经整理过，小玉拉开一半，并没东西要找，却在仔细翻捡。小玉抬起一双大眼睛，盯着末造说："没想什么。"这双眼睛还不懂得编故事骗人，不像会隐藏什么了不得的秘密。

末造皱起眉头，随即又舒展开来："不会没想什么吧？心里准在想：'真糟糕。怎么办？怎么办呀？'不都明摆在脸上了嘛。"

小玉脸颊立刻绯红，半天不作声，心里思忖怎样说才好。像运转中的精密仪器，一眼便能看穿。

"那个，父亲那儿，早就想去看看了，该去看看了，已经拖了很久。"

能看出精密仪器如何运转，却看不出在做什么。虫子要躲避比自己强大的对手，总有种mimicry（伪装）的本能。而女人则爱说谎。

末造脸上笑着，嘴上责备地说："怎么，都搬到鼻子底下的池之端了，你居然还没去看过？想想对面的岩崎府，不就像在自己家里一样吗？哪怕现在想去都成。好吧，明天一早去吧。"

小玉拿起火筷拨灰，偷偷瞧着末造："人家有好多顾虑嘛。"

"别瞎说了。这点小事何需想得那么多！难道一直像个孩子似的吗？"这回声音放得柔和起来。

这事没再往下说。临了末造说："既然有顾虑，我明儿早过来一趟带你走一段怎么样？"

小玉这些日子心事重重。见到老爷时，她真想不通，眼前这样一个可靠、周到、温和的人，为什么要做这种人人嫌弃的营生？甚至还想，难道不能想法劝劝他，做点本分生意不成？不过他样子倒一点都不招人讨厌。

末造隐约感觉到，小玉心里藏着什么事。他试探了一下，但觉得无非是些孩子气的事，没什么要紧的。等到十一点多离开这个家，慢慢走下无缘坂的时候，又寻思起来，小玉的确像有心事。末造惯于观察，十分敏感，什么事都逃不过他的眼睛。末造甚至猜出，是不是有人跟小玉说了什么，至少是些让她难堪的话？究竟是谁说了些什么，却无从知道。

十一

　　第二天早上，小玉到池之端父亲家的时候，父亲刚吃完早饭。小玉没顾得上打扮，便急急忙忙赶来，心里在犹豫，怕来早了。一向早起老爷子已经把门口打扫干净，洒上水，然后洗过手脚，冷冷清清的，一人坐在新席子上。

　　隔着两三户人家，新近设了汽车站，一到傍晚就很喧闹，但左邻右舍家家都把格子门关得紧紧的。尤其一大清早，周围静悄悄，往窗外望出去，从高野罗汉松的枝叶间，能看见柳丝在凉爽的晨风中摇曳，还有对面池中一大片茂盛的莲叶。也能看见那碧绿丛中的点点粉红，是今儿早上刚刚绽开的花朵。当初曾说过，朝北的房子怕要冷吧？可是到了夏天想住都住不上呢。

　　小玉自从懂事之后，心里就有过种种设想：等有朝一日过上好日子，定变着法儿让爹享福。且看眼前的情景，给爹住这样漂亮的房子，可以说了了一份心愿，不由得心里一阵喜悦。可是，喜悦之中却带着点苦味儿。要是没有那件事，今早见到父亲该多高兴，不禁痛感世上不如意事常八九。

　　老爷子放下筷子，正拿着茶盅喝茶。听见大门开了，自从搬来还没有客人上过门，好生奇怪，便朝门口看过去。苇箔做的双折屏风还挡着身子，小玉就喊："爹！"一听是小玉的声音，老爷子想立刻起来接她，但又忍住了，没动弹。心里忙着措辞，该给她两句什么话好呢？"真难为你，总算没忘记有我这个爹！"要不要来这么一句？这时，看见女儿急急忙忙进屋，亲亲热热来到跟前，这话就再也说不出口了。自己都生自己的气，闷声不响地望着女儿。

呀，多俊的闺女啊！老爷子一向为此感到得意，从前尽管日子过得穷，也绝不亏待女儿，一心叫她穿得体面些。可是刚十天不见，就像换了个人似的。不论日子过得多紧，女儿出于本能，从不邋遢，总是注意收拾得干净得体。今昔相比，老爷子记忆中的小玉，只是一块璞玉而已。即便是父母看子女，老人看后生，美的总归是美的。而美，自能使人心软，哪怕是父母、老人，都不能不折服。

老爷子故意不吭声，板着脸，虽然不情愿，脸色终于缓和了下来。小玉在新环境里，身不由己，自幼一天也没离开过父亲，心里尽管一直惦记着要来看望父亲，竟至拖了十天，想要说的话一时之间反倒无从说起，只顾高兴地看着父亲的面孔。

"食案可以撤下了吧？"女佣从厨房探出头来，尾音向上挑，急口问道。小玉不习惯，没听明白女佣说什么。女佣的脑袋略小，头发用把梳子随便挽起，配着一张大脸盘，显得很不匀称。脸上的神情既惊讶又不客气，死死地盯着小玉。

"赶快撤下去，再沏壶茶来。沏柜子上的绿茶。"老爷子说着推开食案，女佣端进了厨房。

"哎呀，用不着沏好茶叶。"

"别说傻话，还有点心哪。"老爷子起身从壁橱里拿出个铁罐，抓了些鸡蛋脆饼放在盘里，"这是宝丹后面作坊里做的。这地方真方便，旁边的小巷里就有如燕居，专卖甜酱海味。"

"是吗？从前跟爹去柳原的书场听说书，记得如燕老板说的是请客吃饭的段子，说到'味道之美，如同敝号做的甜酱海味'，把大伙都逗乐了，对吧？那位如燕老板真是富态。一上说书讲台，屁股一咕噜就坐下去，我觉得特好笑。爹要也能那么胖就好了。"

"胖得像如燕老板的话，谁受得了哇！"说着，把脆饼拿到女儿面前。

这时茶来了，父女俩说着闲话，就像一天都没分开过似的。老爷子忽然像有话不好开口的样子，正色道：

"怎么样，你那儿？老爷常来吗？"

"嗯。"小玉只应了一声，一时又闭住口。末造不是"常来"，而是没一个晚上不来。如果是正经嫁人，问起小两口处得好不好，就会喜滋滋地回说，挺好的，放心吧。但是，自己是这样的身份，若说老爷天天晚上来，又觉得不好意思，实在难以开口。小玉略一沉吟，说道："还行。爹不必担心。"

"那就好。"老爷子说道，感到女儿的回答有些言不尽意。问的人和答的人，无意中说话都有些含糊其辞。父女两人一向推心置腹，彼此没有秘密，现在虽不情愿，倒好像互相瞒着什么，说话非得斟酌字句像对外人。头一回，上当找了个坏女婿，在街坊上虽然丢面子，但是父女俩是一个心思：都是那人不好，所以，说话没一点隔膜。这次与上次不同，父女两人一旦打定主意，把该了的事了了，日子固然富裕，可如今，他们体会到，虽是这样亲亲热热地说话，周围却笼罩着一层阴影，弥漫着悲凉的气氛。老爷子想让女儿回答得更清楚，便又换一个角度问道："他这个人究竟怎么样？"

"这个么，"小玉侧起头，自言自语似的补充道，"倒不觉得像坏人。相处的日子还短，说话什么的并不凶。"

"嗯，"老爷子似乎不得要领，"怎么能是个坏人呢！"

小玉与父亲相视无言，猛然间她心里一阵发慌。觉得，倘若把今天想要说的话和盘托出，这会儿倒正是时候。可是父亲好不容易过上好日子，不再发愁，她怎忍心又给父亲添新愁呢！这样一来，与父亲的隔膜恐怕会愈来愈大，虽说让人不快，但思量下来，也只好忍了。做人家的外室本是暗地里的事，现在又揣上一个秘密。这秘密已经带了来，还没揭开，索性就原封不动再带回去吧。小玉打定了主意，到了嘴边的话便又缩了回去。

"说是做过很多事，他这一辈上就发了迹。也不知脾气怎样，我还担心来着。怎么说好呢？反正，算得上有男人气概吧。至于他心里想什么，简直让人捉摸不透。说话行事，好像是成心给人看似的。您说，爹，处处小心谨慎，那不也挺好吗？"说着，抬眼看着父亲。女人不论多老实，随时都会把心事藏起来，扯些旁的事情，不会像男人那样苦恼。而且在这种场合，话会多起来，就女人而言，可以说是够诚实的。

"嗯，也许是吧。不过，你话里好像对老爷不大相信。"

小玉笑道："这样我才会能干起来呀！往后再也不想受人欺侮了。有出息吧？"父亲感到女儿过于老实，难得在自己面前一露锋芒，所以神色不安地看着女儿："嗯，我这一辈子，一向受人欺侮，给当成傻瓜。不过，被骗总比骗人要心安理得。不论做什么事，都不能昧良心，所以，对恩人可不能忘恩负义呀。"

"您放心吧。爹不是常说嘛，玉儿人诚实，我真的很诚实。话又说回来，这些日子我思前想后，实在不想再上当受骗了。我不撒谎，不骗人，反过来，也不想受人骗。"

"那你的意思是，老爷说的话你也不轻信，是吗？"

"是的。他简直把我当孩子。那么一个八面玲珑的人，我不能不防着点儿。我打算好了，才不像他想的那样是个孩子呢。"

"怎么回事？你的意思是，发现老爷说了什么骗人的话吗？"

"可不是。那个老婆子不是每次都说吗？他太太扔下孩子过世了。你服侍他，虽然不是正室，但也跟正室差不多。只不过因为面子的缘故，不便于把一个身份低下的人接到家里去。其实，人家有正正经经的老婆呀。是他自己满不在乎地说出来的，我都吓了一跳。"

老爷子瞪大了眼睛："是吗？到底是媒婆的嘴。"

"所以我的事，恐怕还一直瞒着他太太。既然能骗他太太，就不可能对我只说真话，所以得小心防着点儿。"

老爷子忘了磕烟灰，出神地望着忽然精明起来的女儿。蓦地，女儿又想起一件事，说道："今儿个我这就回去，既然来过一次，也没什么，往后天天都能上爹这儿来看看。其实，他没叫我来之前，我觉得来了不大好，一直有些顾忌。结果昨晚跟他说好，打过招呼，今天早上才来。我那儿的佣人还是个孩子，就连晌午饭，我要是不回去帮她，都做不成。"

"既然跟老爷打过招呼，就在这儿吃了午饭再走吧。"

"不了，可大意不得。很快会再来的，爹，再见。"

小玉站起来的工夫，女佣慌忙赶着把鞋摆正。人虽不机灵，但女人遇到女人，免不了要打量一番。有个哲学家说，即使是陌路相逢，女人也把别的女人看成是自己的对手。把大拇指杵在汤碗里的女佣，尽管山里出身，对小玉也很在意，看样子方才偷听来着。

"那就回头再来。问老爷好。"老爷子坐着说道。

小玉从黑缎子腰带里掏出小钱包，拈了几张纸币给女佣，穿上低齿木屐便出了格子门。

唯有父亲是自己的依靠，走进家门时，她还一心想把心里的苦水倒出来，与之相对悲叹。现在走出家门，小玉竟也精神抖擞，连自己都觉得奇怪。父亲好不容易能够宽下心来，她不愿意再让父亲发愁。与其那样，倒不如自己尽量显得刚强些、硬气些。说话的工夫，她发觉，一直沉睡在心底的什么东西觉醒了过来，觉得自己一向依赖人，想不到能够独立了，小玉神情坦然地走在不忍池畔。

太阳已从上野山上高高升起，火辣辣地照着大地，把湖心岛上的辩财天神社染得红彤彤一片。小玉走在路上，阳伞虽带着，却没有撑开。

十二

一晚，末造从无缘坂回到家里，老婆已把孩子哄着了，自己却还没睡。平时总是孩子睡了，自己也跟着睡下，可是那晚却一直垂头坐着，明知末造钻进蚊帐，也不搭理他。

末造的铺盖在紧里面靠墙，稍微隔开一点距离。枕边放着坐垫、茶具和烟灰缸之类。末造坐在垫子上抽烟，温和地问道：

"怎么啦？怎么还没睡呀？"

老婆一声不吭。

末造不想再让着她。这边要和好，她倒不答应，那就作罢，故意不在乎地抽烟。

"大晚上的，您去哪儿啦？"老婆突然抬起头，盯住末造问道。自从用了使唤人，说话慢慢知道讲究，可是一旦面对面，便又变得粗俗起来，最后只剩下一个"您"字。

末造目光尖利地朝老婆睃了一眼，什么也没说。肯定她听到点风声，但猜不出究竟，所以，也不好说什么。末造可不是那种信口开河、授人以柄的人。

"我什么都知道啦。"老婆尖声说道，末尾带着哭音。

"这话好奇怪。你知道什么啦？"末造语气像是挺意外，声音似在安抚人，透着柔和。

"太过分啦。还装着没事儿人似的！"丈夫的沉着越发刺激她，竟至说话断断续续的，拿起袖子去抹淌下来的眼泪。

"这可难办了。咳，你不说出来，谁知怎么回事？我什么也猜不出来嘛。"

"哎哟，亏您说得出口。是不是要我告诉您，今儿晚您到什么地方去了？倒真会装傻！跟我说什么生意上有事，却跑到外边儿开小公馆。"塌鼻梁，像给眼泪洗过一样的红脸盘，圆发髻也走了样，鬓角上一绺头发黏在脸颊上。眼泪汪汪的小眼睛睁得老大，盯住末造，然后跪着蹭到跟前，使劲抓住末造的手，末造手上还捏着抽了半截的金天狗牌香烟。

"松手！"末造甩开她的手，把落在席子上的烟头掐灭。

老板娘抽抽搭搭，又抓住末造的手："哪有你这种人哪？挣多少钱，就知道自己摆大爷架子，连一件衣服都不给老婆买，光叫她带孩子，自己倒挺臭美，讨小老婆。"

"不是叫你松手吗？"末造第二次甩掉老婆的手，"会把孩子吵醒的！再说下人的屋里都听得见。"他压低了声音狠狠地说道。

最小的孩子翻了个身，说了几句梦话，老婆也不禁压低声音说："你到底想要我怎么着？"这回把脸贴在末造的胸脯上，呜呜哭了起来。

"用不着怎么着。你人老实，受人家教唆。什么小老婆，开公馆，是谁说的？"说着，末造看见走了样的圆发髻直颤悠，心里轻薄地想："丑女人一个，何苦梳这样一个发髻，相称吗？"圆发髻渐渐震得松下来，末造觉得一对奶水极丰的大乳房，像手炉似的压在胸口那里。"是谁说的？"又问了一遍。

"管他谁说的？反正是真的。"乳房越压越重。

"不是真的，所以不能不管。谁那么嚼舌头？"

"告诉你也没关系，是鱼金家里的。"

"什么？说胡话似的，听不清。咕咕哝哝，你说的什么？"

老婆的脸离开末造的胸脯，嗔道："我不是说了嘛？是鱼金家的老板娘。"

"哦，是她呀！我猜就是这么回事。"末造看着老婆生气的面孔，慢慢又点上一支金天狗，"小报记者常说什么社会制裁，我还没见制裁过谁。说不定，那些专门造谣生事的人倒该制裁制裁。治治街坊上好管闲事的家伙。要真信了那种人的话，受得了吗？我现在跟你讲点正事，你好好听着。"

老婆好像头上蒙了一层雾水，懵懵懂懂，只有一点心里倒还清楚：该不会上当吧？尽管如此还是瞅着末造的脸，热切地听他说话。平时总是末造念报纸，话里带些听不懂的词儿，老婆很胆怯，不懂便只好认输。方才提什么社会制裁，就是这样子。

末造不时地吞云吐雾，耐人寻味地盯住老婆的脸，这样说道："那个，想必你也认识。还是在大学那边住的时候，有个姓吉田的常上咱家来。就是那个戴金丝边眼镜，穿得挺单薄的家伙。他到千叶的一家医院工作，欠我的账两三年都清不了。吉田那家伙住校的时候就有了女人，在七曲租了房子，一直住到最近。起初月月都寄钱给她，今年，既不捎信，也不寄钱去。那女的就来求我去找他商量。你准奇怪，她怎么会认识我的？因为吉田说，常到咱家来，免不了要惹人注意，不好办，就把我叫到七曲他家里去，商量欠款展期的事。从那次，那女的就认识我了。我挺为难，好在是顺水人情，便答应替她去交涉，可是一直没有结果。女的一再死乞白赖地求我，我也觉得给这号女人缠上，实在打发不掉。后来她说要搬到干净一点、房租便宜的地方住，让我帮她找房子。我就在新开路，替她租了间开当铺的老太爷住过的房子，让她搬了过去。这些日子就因这些七七八八的事，不时地过去，待上两三支烟的工夫。街坊上大概有人传话。隔壁是个裁缝师傅，聚了一帮姑娘，人多嘴杂。有哪个傻瓜肯在那种地方开小公馆的？"说到此处，末造不屑地笑了笑。

老婆的小眼睛晶亮，热切地听完丈夫讲的这一席话，这时便撒娇似的说道：

"也许真像你说的。不过，常往那种女人家里跑的话，谁知道会出什么事！反正那种女人只认得钱。"老婆说着说着就忘了"您"字。

"胡说。我已经有了你这老婆，难道我是那种拈花惹草的人吗？到现在为止，哪怕一次也好，找过别的女人没有？大家都过了吃醋吵架的年纪，别没事找事。"末造想，没料到这么容易就搪塞过去了，心里大唱凯歌。

"可是，像你这样的人，女人家都喜欢，我不放心。"

"哼，真是没见过世面。"

"怎么啦？"

"肯喜欢我这种人的，只有你呗！怎么？已经一点多了。睡觉，睡觉。"

十三

末造的辩解真真假假，老婆的妒火似乎给熄掉了，但也仅仅奏效一时而已，只要无缘坂上实有之人仍在，便少不了流言蜚语。"听说今儿个有人看见老爷进了格子门。"这话又从女佣的口中传到老板娘的耳里，而末造总是有理由。如果说生意上的事，未必非得晚上去不可，他就说："哪有一大早就找人借钱的？"若问他，怎么从前不这样？他就说："从前生意没做这么大。"搬到池之端以前，生意上的事都是末造一人经手，如今在家附近设了一个办事处，此外，连龙泉寺町那儿也有一间房算是分号，学生要用钱，用不着跑远路就能借到。根津一带有人需要钱的话，可以到办事处；吉原①那儿的，可以去分号。后来，吉原那里专管接送嫖客的西宫茶馆，同分号联手，只要分号同意，没钱也可去玩。分号俨然成了冶游的后勤。

末造夫妇没再进一步发生新的冲突，彼此相安无事，过了一个来月，就是说，末造的诡辩仍旧管用。然而，有一天却意外地出了

---

① 根津与吉原，系明治前期东京的花街柳巷。

破绽。

好在丈夫在家，老板娘阿常说趁着早晨凉快要去买东西，便带着女佣到广小路去了。临回来经过仲町的时候，女佣从后面轻轻拽了一下阿常的袖子。"什么事？"阿常看着女佣的脸，叱责地问道。女佣一声不响，指了指站在左边店里的一个女人。阿常不大情愿地看了过去，不由得停下脚步。这时，女人也回过头来。阿常和那女人打了个照面。

起先，阿常以为是个艺伎。匆忙之间心里思忖，就算是艺伎，像这女人长得这么匀称俊美的，恐怕连数寄屋町那边也找不出一个来。转瞬间，发现这女人身上少了点什么，阿常也说不出究竟少了点什么。要说的话，是不是少了态度上的做作？艺伎总是穿扮得很漂亮，态度上必有几分做作。既然做作，就有失稳重。在阿常眼里，觉得她少的那点什么，便是艺伎所特有的那种装腔作势。

店前的女人，无意中觉得有人从身旁经过时停下了脚步，便回过头去看了一眼，也没看出有什么可值得注意的，于是把洋伞靠在稍稍向内并拢的腿上，从腰带里掏出小钱包，低头朝里面看了看，翻找银角子。

那家店就是仲田南侧的他士加罗屋。店号稀奇古怪，有人说："他士加罗屋若倒着念，意思就是'干吧！'"这家店是卖牙粉的，装在金字红纸的口袋里。当时还没有牙膏之类的舶来品，牡丹香味的岸田牌花王散、他士加罗屋的牙粉都属于上等货色。店前的女人不是别人，正是清早去看父亲回来，顺路买牙粉的小玉。

阿常走了四五步后，女佣偷偷说道："太太，就是她。无缘坂的那个女人。"

阿常默默地点点头。这句话居然没起到什么效果，女佣觉得很意外。那女人既然不是艺伎，阿常出于本能登时就明白了，是无缘坂的那个女人。若仅仅是一个漂亮女人，女佣绝不会拽住自己的袖子，这固然有助于阿常作出判断，但还有一点，想不到也帮了她忙——那就是靠在小玉腿上的那把洋伞。

已经是一个多月前的事了。有一天，丈夫从横滨给她买了一把洋伞回来，柄特别长，撑开来伞面却挺小。给身材高大的西洋女人拿着玩倒是不错，但给又矮又胖的阿常拿着，说得难听些，就像在晾衣竿头上挂着尿布一样，所以放在那里一直没用。那把伞是白地蓝细方格的。那女人的伞跟自己那把一模一样，阿常看得很清楚。

从酒馆拐向不忍池时，女佣讨好地说：

"太太，那女人也不见得多好看。脸平平的，个子那么高，您说是不是？"

"你不该说这种话。"阿常说完就不再理她，急匆匆地往前走。女佣讨好不成，不满地跟在后面。

阿常的心里直翻腾，什么事都理不出头绪来。对丈夫该怎么办？发什么话？心里一点谱都没有。她只想跟丈夫大吵一场，发泄一通。她寻思：买回那把洋伞时，自己多高兴呀。要是不求他，向来什么都不给买，怎么偏偏今儿个给买了东西回来？心里还觉奇怪。说是奇怪，其实是想，丈夫怎么忽然殷勤起来了？这会儿思量下，恐怕是那女人要，给她买的时候，顺便给我也捎了一把。准是那么回事。不知道实情，还着实高兴了一回，我也没指名要，就买了那样一把伞，让人好开心。不光是伞，那女人身上穿的头上戴的，说不定都是他给买的。我打的这把贡缎面子的伞，和她那把洋伞就不一样，同样，我和那女人，穿的戴的全都不一样。不仅是我，哪怕给孩子买件衣裳，他都不情愿，说什么男孩子有件窄袖和服就蛮不错了；还说女儿太小，现在做和服不上算！有成千上万的钱，人家的老婆孩子哪有像我们娘几个这样的？现在想来，怪只怪他养了那个女人，不顾我们娘几个。什么吉田先生的女人，真的假的谁信他？还说什么七曲，没准那时他就开了小公馆。没错，准是那么回事！自从手头阔绰了，他自己穿的用的越来越讲究，说是有应酬什么的，其实是因为有了那女人。他哪儿也不领我去，准是领她去！咳，好气人呀！正寻思着，突然女佣叫道：

"哎呀，太太，您要上哪儿去呀？"

阿常一惊，停下脚步。只顾低头往前赶，已经走过了家门口。

女佣放肆地笑了起来。

十四

早饭吃完拾掇好，阿常出门去买东西时，末造还在抽烟看报。等一回来，他已经不在了。如果在家，跟他说什么好呢？虽然还没想出个头绪，反正一心想跟他大闹一场，逮着了，吵一通。可是回来一看，阿常顿时泄了气。她得准备午饭，孩子的夹袄刚上手缝，还得赶快缝，因为马上就该穿了。阿常像个机器人似的，照旧忙来忙去。想与丈夫大吵一通的火气，不知不觉渐渐消了下去。从前，跟丈夫吵架，气得豁出脑袋要往墙上撞的事也常有。不料，总是还没等脑袋撞上去，墙倒先变成布帘子，白费劲儿。丈夫用他那三寸不烂之舌，讲些似是而非的道理，倒也不是给道理说服，听着听着她就蔫了下去。今天似乎没找着出气筒。阿常带着孩子吃午饭。她给孩子劝架，缝夹袄，准备晚饭。让孩子冲澡，自己也冲了冲。点着蚊香吃晚饭。孩子吃完饭出去，玩累了回家来。女佣从厨房出来，在老地方铺床、挂蚊帐。叫孩子解手、睡觉。给丈夫留的晚饭罩上纱罩，火盆上放着茶壶，然后搬到隔壁屋里。丈夫不回来吃晚饭时一向如此。

阿常机械地把这些事情做完，便拿起一把团扇钻进蚊帐坐在里面。她忽然想起今早在路上遇见的那个女人，猜想丈夫八成去了她那儿，觉得不能这样老老实实地坐等。心里寻思：怎么办？怎么办？想着想着，竟想要到无缘坂那里去瞧瞧。不记得多久以前，到藤村点心铺给孩子买他们爱吃的豆包时，曾打那里经过。阿常想：听说在裁缝家的隔壁，大概就是这儿吧？她认识那房子，格子门蛮像样的。她要到那里去看看。灯光有没有照到屋外？说话声虽低，听得见吗？无论如何也想去看看。不，不，不行。要出去，非经过女佣阿松屋旁的廊子不可。这几天，檐廊的拉门卸下还未装上。阿松应该还没睡，在做针线活。她要问起来，都这个时候了，上哪儿去呀？怎么回答呢？要说出去买东西，阿松该说她去好了。这样看来，不论多想去都没法偷着出去。哎呀，怎么办好呢？今儿早回家时，一心想尽快见到他，当时要是见着了，我会说些什么呢？要见着了，我这个人哪，准会前言不搭后语的。他就又来糊弄人，欺骗人。他那么精明，反正也吵不过他，索性就不吭声吧！不吭声最后又怎么了局呢？有了那样一个女人，我怎么着他都不会放在心上的。怎么办？怎么办？

她翻来覆去琢磨这些事，不知有多少次，想想又转到开头的地方。不知不觉地，脑子糊涂起来，什么都弄不清楚了。跟丈夫吵是吵不过他的，只好作罢，这一点她倒是拿定了主意。

正在这时，末造进来了。阿常故意摆弄团扇柄，一声不响。

"咦？脸子又变了？怎么啦？"即使太太没照平时那样说句"您回来啦"，末造也没生气，因为他正高兴。

阿常还是不作声。她本不想吵架，可是见到丈夫回来，就不由得心头火起，怎么也压不住。

"又胡思乱想什么？算了算了。"末造说着，手按在太太肩膀上摇了摇，便坐到自己的铺上。

"我正在想我该怎么办呢。想要回去也没有地方可回，又有孩子在。"

"你说什么？你想怎么办？用不着怎么办不也挺好吗？天下本无事嘛。"

"那是您吧，能说这种宽心话？只要我有了法子，可不就什么

115

都挺好的嘛！"

"真可笑，什么有了法子的！用不着想什么法子，这样就挺好的。"

"别糊弄人了。有没有我这个人都一样，反正也不把我当回事。对了，不是有没有我，是没有我才好呢！"

"你这是闹别扭说气话。没有你才好？那就大错特错了。没有你才叫糟糕呢！就算光照顾孩子，你也是挑大梁唱主角呀。"

"回头再来个漂亮妈妈照顾呗，虽说成了没娘的孩子。"

"真不懂你的意思。父母双双都在，哪会成没娘的孩子？"

"可不是，准保是这样。瞧，多得意呀！打算一直这样下去是不是？"

"那还用说！"

"是吗？给美人儿和丑婆娘一人一把洋伞。"

"咦？什么呀，你说的？是演滑稽戏吗？"

"是呀，反正演正戏也没我的份儿。"

"与其演滑稽戏，还是说点正经的吧。你说的洋伞究竟是怎么回事？"

"别装糊涂了。"

"怎么是装糊涂呢？一点也不明白。"

"那好，我说。前些时候从横滨买回一把洋伞不是？"

"那又怎样？"

"那把伞不光给我一人买的吧？"

"不光给你一人买，还会给谁买呢？"

"不对，不是这么回事吧？那是给无缘坂那个女人买的，一时心血来潮，顺便给我也捎了一把，对不对？"才提起洋伞的事，这么具体一说，阿常越发觉得窝囊透顶。

末造心里一惊，真叫她说中了！但他马上装出惊讶的神气："简直是胡说八道。怎么，你是说吉田的那个女人拿的伞，同给你买的那把一样，是吗？"

"买的是同样的伞，拿的当然也是同样的啦。"老婆声音尖厉起来。

"原来这么回事，真叫我想不到。你算了吧。不错，我在横滨给你买的时候，说只是样品，可是到了现在，银座一带肯定到处都在卖。戏文里也常有这类事，实在是冤枉好人哪。后来怎么样？在什么地方遇见吉田的那个女人了吗？知道得很详细嘛。"

"当然知道啦，这一带没人不知。大美人嘛！"老婆恨恨地说。以前，末造一装傻，她就信以为真。而这次，因为有种强烈的直觉，事情历历如在眼前，所以，对末造的话就怎么也没法相信。

末造一方面在沉吟：她们怎么会遇见的？说话了没有？这种场合若是刨根问底，反而不妙，就故意不再追问。

"什么大美人！那就算美人吗？一张脸出奇的平！"

阿常没有言语。可是丈夫的话，挑了那可恨女人脸的毛病，她禁不住感到几分快意。

这晚，夫妇两人又是一番唇枪舌剑，然后又言归于好。但扎在阿常心头上的刺，仍未能拔除，余痛尚在。

十五

末造家里的气氛，一天天地沉重。阿常时时惘然望着空中，什么事也不做。每逢那时，孩子照顾不到，事也做不成。孩子要什么东西，她张口便骂。等骂完了回过神来，又去哄孩子，或是一个人暗泣。女佣问她做什么菜，她也不回答，要么就说"随便"。末造的孩子在学校里，同学说他们是"放印子钱的孩子"，不和他们玩。末造爱干净，要老婆把孩子收拾得格外齐整。可是现在，孩子在街上玩，头上都是土，衣服都开了线。女佣嘴上说："太太这样子可不成。"却像劣马偷懒吃路边草一样，也甩手不干活，任凭碗橱里的菜肴馊掉或蔬菜放干。

末造喜欢家事井井有条，看到这种情景心里头有说不出的难受。他知道，造成这局面的罪魁祸首是自己，所以不能埋怨别人。再说即便要埋怨，也是在谈笑之间轻描淡写地说说，让对方反躬自省，他很得意这一手。现在看来，这种谈笑风生的态度，反更惹老婆不高兴。

末造不动声色地观察妻子，结果有个意外的发现。丈夫在家时，阿常不同寻常的举止会变本加厉，一旦不在家，反倒常常很清醒，忙着做家务事。听了孩子和女佣的话，末造知道这情形，开头感到吃惊，但他头脑灵活，再三思索：她对我心怀不满，故而一见了面，老毛病就发作。本来是不想叫她以为丈夫要把她怎么样，对她薄情寡义，或者更加冷淡，不承想我待在家里她反而不高兴，好比给病人吃药，病倒更重了一样。没有比这更无奈的了，往后反其道而行之，再试试看罢，末造心想。

于是末造开始早出晚归，结果更糟。早走时，老婆起初只是惊讶，光瞧着不出声。头一次晚回来，老婆与平时赌气闹别扭不同，似乎已忍无可忍，诘问道："这一整天，您到哪儿去啦？"接着便号啕大哭。第二次正想早点出门，老婆说："您这是要上哪儿？"硬拦住末造不让走。若告诉她去什么地方，便说你撒谎。末造不理她，硬要出门，就说"等等，有事要去问一下，就一会儿"。但她抓住末造的衣服不松手，或是挡在门口不让走，也不怕女佣见笑。末造的脾气是，多不称心的事照旧心平气和，绝不动粗。然而，为挣脱老婆的纠缠，却把她摔到了地上，正在这丢人现眼的节骨眼上，给女佣撞见了。这样，末造只好老老实实地待在家里，问她"好吧，到底什么事"要么"您到底想把我怎么样"，要么"这样下去，如何才是个了局"，都是一朝一夕解决不了的难题。总之，末造想用早出晚归这一招，对症下药治妻子的病，结果毫无成效。

末造转念又想：我待在家里她不高兴，不待在家里又硬留，看起来她是有意要我留在家里，成心自寻烦恼。接着他想起一件事来：先前住在和泉桥时借钱给学生，其中有个姓猪饲的，穿着一点不讲究，赤脚趿拉一双木屐，走路时左肩膀耸起两三寸高。那家伙赖着不肯还钱，欠条也不打，到处躲债。可是有一天，在青石横田的拐角碰上了。问他："到哪儿去？"他说："去前面柔道先生那里。那事儿等改日罢。"说完就溜了，我装着与他分手的样子，然后偷偷回到原处，站在拐角看他的去向。猪饲进了伊予纹料理店。我看清之后，到广小路办完事，过了一会儿便同进伊予纹。猪饲那家伙确实吃惊不小，但马上恢复他豪爽的天性，叫两个艺伎硬把我拉到乱哄哄的酒席上，说道："废话不多说，今儿个请赏脸喝一盅。"于是向我灌酒。那是我头一次在酒席上见到艺伎，其中有个艺伎好气派，听说叫阿俊。她喝得醉醺醺的，坐在猪饲面前，不知为什么事不高兴，开始撒酒疯。她的话我一声不响地听着，现在还没忘："猪饲先生，您装得像挺厉害的，可您哪，顶胆小啦。告诉您吧，女人这东西，男人得不时地揍她，要不这样，女人就不会喜欢他。您就好好记住吧！"不限于艺伎，也许女人都这样。近来，阿常这娘们把我拴在身边，却总绷着脸跟我作对。表面上看，是想要我把她怎么着，其实是要我揍她。不错，她是想挨揍，准是这么回事。阿常这娘们，这些年来也没给她吃过什么好的，一味叫她像牛马一样干活，变得像头畜生，没了女人味。自从搬家以后，使唤上佣人，给人喊做"太太"，过上人样的生活，她开始一点一点恢复寻常女人的天性。于是就像阿俊说的，希望有人揍她。

那么我怎么样呢？没发财之前，别人说什么全不在意。连乳臭未干的两岁小儿，也称他老爷，给他鞠躬，哪怕被人踩，挨人踢，只要钱上不吃亏就行，这是我的处世之道。每天每日，不论去什么地方，也不论在什么人面前，都得像蜘蛛一样俯伏在地。同世上那帮家伙打交道后方知，对上司低三下四的人，准把气出在下属身上，拣老实的欺负，喝醉酒便打老婆孩子。我没有上司，也没有下属，我只匍匐在能让我发财的人面前。否则，不管是谁，有他没他都一样，压根儿不把他当回事，撇在一边不理他。打人之类，才不多此一举找这麻烦，白费那份力气，还不如算算利息呢。对待老婆也同样。

阿常这娘们想要我揍她，很遗憾，唯有这个我办不到，只好对她不起了。对债务人，好比挤柚子，汁可以去榨干，可谁也不能打。末造心里就盘算这些事。

十六

无缘坂上的行人多了起来。到了九月，大学开学了，回家乡的学生一时又都回到本乡一带的公寓里。

虽说早晚凉爽起来，但有时中午的太阳还热辣辣的。小玉家搬来时刚换的青竹帘子倒没褪色，也是因为挂在窗外竹格子的内侧，从上到下严严实实，没有一丝缝隙的缘故。小玉百无聊赖，靠着柱子坐在窗内，茫然瞧着窗外。柱子上挂着扇子插，里面插了几把晓斋、是真等人画的团扇。三点钟一过，三五成群的学生从门前走过。每逢那时，隔壁裁缝家那帮姑娘，便像小鸟叫一般，叽叽喳喳个不停。引得小玉也留心去看，经过的究竟是什么人。

那时的学生，十之七八具有壮士气概，也有少数绅士型的，大抵是即将毕业的人。一些长得俊的小白脸，轻浮浅薄，自命不凡的样子，令人没好感。其中或许也有学问好的，但在女人眼里显得很粗鄙，不讨人喜欢。尽管如此，窗外走过的学生，小玉每天都无心地望望。于是有一天，她感到心里似乎有什么东西在萌生。猛然一惊，宛如潜意识中结的胎，成形之后，突然跳了出来，她给自己的想象吓住了。

小玉当初除了想让父亲享享福，没有任何别的念头。勉强说服了固执的父亲，做了人家的外室，只当成一种不得已的堕落，在利他的行为中求得一份心安。可是，等得知自己托付终身的人，她的夫君，偏偏是个放高利贷的，这时生米已经煮成了熟饭。她独自无法排遣胸中的苦闷，想向父亲倾诉一下，让父亲为自己分忧。怀着这种心思，到池之端去找父亲，目睹了那平稳安逸的生活，便无论如何也不忍心，向老人手中的杯里倒进一滴毒汁。她打定主意，纵然苦闷到极点，也要独个儿吞下这枚苦果，深藏在自己心里。平生只知依靠别人的小玉，此时决意要自强自立。

从这时起，小玉开始静静地审视自己的一言一行。末造来了，不再像从前那样心无芥蒂，真情相待，而是留个心眼。这中间，她的另一颗真心，离开躯壳，退到一旁观看。那颗真心既嘲笑末造，也嘲笑听凭末造摆布的自己。小玉发现了这一点，不禁悚然。然而，随着时间的流逝，小玉已经习惯了，感到自己的心没法不变成那样。

到了后来，小玉待末造越来越好，可是她的心离末造却越来越远。末造对她的照顾，并不觉得有什么值得感谢的；末造为她做的一切，她虽不领情，可也不觉得有什么歉疚。而且，自己固然没受过教育，身无一技之长，但是，变成末造的玩物，终究心有不甘。看到窗外来来往往的学生，终于心里在想：难道其中就没个可靠的人，能把自己从眼前的境遇中救出去吗？她蓦地从幻想中清醒过来，自己竟会有这种想头，不禁猛然一惊。

这时，冈田同小玉相识了。对小玉来说，冈田不过是窗外经过的一个学生罢了。但小玉发现，他虽然是个堂堂的美男子，态度上倒不高傲自大、装腔作势，为人好像挺随和，不觉心生爱慕。此后每天向窗外张望时，不禁私下在盼望：他会不会经过呢？

那时还不知他姓甚名谁，住在什么地方，只因时时见面，小玉对他自然而然有种亲切感。于是有一天，自己忽然朝他一笑，那是一刹那的事，是精神上一时的松解、抑制力麻木的结果。小玉性情稳重，根本不会有那种心：明知自己在单相思，成心向对方示意。

冈田初次摘下帽子向她点头时，小玉心里怦怦直跳，自己都觉得脸红了。女人的直觉是敏锐的。她知道，冈田摘帽子的举动，显然是无意的，并不是有心那么做。这样，隔着窗棂，朦胧而无言的交往进入了一个新的 époque（时代），她高兴得不得了，在心里反复描摹着冈田当时的样子。

做人家外室的，按常理说就有了人保护，可是她们也有难为人知的苦楚。一个青天白日，小玉家门口来了一个三十来岁的汉子，反穿一件印有太阳标记的号衣，说他是下总人，要回老家，脚上有伤走不了路，叫她施舍点钱。小玉于是用纸包了一角银币，让小梅拿出去。汉子打开一看，"一角钱？"说着咧嘴一笑，"八成是看错了吧？你们就没打听打听！"说完把钱一扔。

小梅脸涨得通红，捡了钱便进到屋里，那汉子也大模大样跟着进了屋，坐到火盆对面，小玉正往里添炭。他东拉西扯，胡说八道，大言不惭，讲他蹲监狱如何如何，正以为他要撒野，一下子又诉起苦来，满嘴的酒气，熏得人直恶心。

小玉吓得要哭，拼命忍住了，拿出两张五角纸币，那时正通用这种纸牌大小的蓝色纸币，当着他的面用纸包好递过去。想不到他倒还算知足，"两个半拉也成。大姐，你到底是明白人。准能有出息"。说罢，七倒八歪地走了出去。

出了这样的事，小玉感到无依无靠，忐忑不安，想到"远亲不如近邻"，以后凡是烧了什么稀罕菜，便打发小梅给住在右首的单身裁缝师傅送过去。

那女裁缝叫阿贞，已经四十出头，长得白白净净，显得挺年轻的。原先在前田家里院做活，一直做到三十岁，据说结过婚，没多久丈夫死了。阿贞说话很有教养，写得一手御家流的好字。小玉说想学书法，阿贞就把字帖之类借给她。

有一天，阿贞从后门进来，为前一天送她的东西向小玉道谢。站着说话的工夫，阿贞说："您跟冈田先生认识吧？"

那时小玉还不知道他叫冈田。从话里，她知道裁缝师傅说的就是那位学生，阿贞说这话，准是看见冈田向自己点头了。尽管不愿意，在这种场合，也得装作认识的样子。这些念头宛如电光石火，从心头一掠而过。为了不让阿贞看出一点迟疑的痕迹，小玉赶紧应声道：

"嗯。"

"听说是位极正派的人，人品非常好。"阿贞说。

"您好像很了解他。"小玉大着胆子说了一句。

"上条的老板娘说，公寓里住了那么多学生，像他那样的人再也找不出第二个来。"阿贞说完便回去了。

小玉觉得像在夸自己一样，嘴里不断地念叨"上条，冈田"。

十七

随着日子一天天过去，末造到小玉这儿来的次数非但没少，反而更多了。除了像以前那样晚上准来之外，说不定大白天什么时候，偶尔也会过来。要问为什么，那是因为他老婆阿常纠缠不休，总要他拿出个办法来，便临时躲到无缘坂来。每逢那时，末造若说："无须怎么着。照从前那样就成。"阿常便要他非得怎么着不可，然后便抱怨娘家回不去，孩子又舍不得，自己上了年纪等等，摆上一堆眼下的生活不能有一点改变的口实。尽管如此，末造还是反复说："无须怎么着，什么都用不着做。"这工夫，阿常的火气就上来了，拿她一点办法也没有，这样一来末造只有逃出家门。末造对什么事都爱抠死理，像做算术一样，所以阿常说的话，让他觉得不可思议。就像有个人站在屋里，屋子一面是敞开的大门，三面挡着墙壁，那人背对着门，说无路可走，他却看着她在那里彷徨苦闷。门不是敞开的吗？为什么不回头看看呢？除了这样告诉她之外还能说什么呢？阿常的境况比从前舒适得多，对她一点也没有压制，克扣，牵制。不错，无缘坂那里新近的确弄了个人。可是，自己并没像天下别的男人那样，因此就冷淡了老婆，或是苛刻了她。而正相反，比从前待她更温和，更宽容。他觉得，大门不是依然敞开着吗？

　　当然，末造的这种想法里，有他一厢情愿的地方。为什么呢？纵然在物质上对老婆还和从前一样，言辞和态度，也没有两样，但是，如今有了小玉这个人，却还想叫阿常认为和从前没有小玉时一样，那要求就未免太过分了。就阿常而言，小玉不就是她的眼中钉、肉中刺吗？末造不是一点也不想把刺拔掉，好让阿常放心吗？阿常本来就是不可理喻的女人，所以她弄不清楚这个道理。末造所谓的大门，对阿常来说，并没敞开。能让阿常现在放心、日后有盼头的大门上，正罩着一层浓重的黑影。

　　一天，两人吵架，末造又离开家。大概是上午十点多钟的时候，末造心想，上无缘坂去吧。不巧看到女佣领着一个小的孩子正在七轩町那里，便故意穿过新开路，漫无目的地从天神町朝五轩町匆匆赶去，嘴里不时嘟哝着"畜生""臭婆娘"一类骂人话。快上昌平桥的时候，对面走来一个艺伎。末造觉得有点像小玉，等到擦肩而过时一看，长了一脸雀斑，不由得想："毕竟还是小玉长得俊啊！"心里感到畅快和满意，便在桥上站了一会儿，望着艺伎的背影。雀斑艺伎的身影隐没在讲武所那条小巷里。

当年眼镜桥还是个十分新奇的景观，末造从桥下慢慢朝柳原走去。河畔柳树下，撑开一把大伞，有个男子正让十二三岁的女孩子跳住吉舞，四周一如往常围了许多看热闹的。末造刚停下脚步想看跳舞，一个穿号衣的男子便像要挨上来，他连忙闪开身子，警觉地一回头，那男子的目光才碰上末造，就转身溜走了。"怎么搞的，太迟钝了。"末造一边嘀咕，一边将拢在袖子里的手伸进怀里摸了摸。幸好，什么也没掏走。实际上这扒手的确不机灵，因为夫妻吵架，末造的神经绷得很紧，平时不注意的事都能特别引起注意。感觉本来就敏锐，这时变得越发机警。扒手刚打算动手，末造先就觉察到了。末造善于自制，一向很得意。每逢这种日子，末造多少会放松一点，只不过一般人不知道罢了。如果有个感觉敏锐的人仔细观察的话，就会发现：末造比平时要能言善辩，无论是照顾别人，抑或是说什么亲切的话，言行之间，总有些慌张不自然的地方。

他以为从家里出来已经很久了，便沿着河畔往回走，一边拿出怀表来，一看才十一点钟，离家还不到半小时！

末造旋即又信步从淡路町往神保町方向走去，做出仿佛突然想起什么急事的样子。快到今川小路那里，当时有一家打着"御茶渍"招牌的小店。花二十个铜板就能吃顿饭，酱菜之外，还有茶水。末造知道这家店，打算顺便去吃中饭，但时间还早了一些。经过店前，朝右拐，到了俎桥前面的大街。这条街不像现在这么宽，一直通到骏河台下。原先跟个口袋差不多，拐到方才末造来的方向便到头了，从那里起路面收窄，医大学生取名叫"阑尾"。这条小路经过一个神社，神社的柱子上刻着山冈铁舟的字。因为俎桥前的这条大街像条口袋，便譬喻作盲肠。

末造过了俎桥。桥右侧有家鸟店，店里百鸟齐鸣，热闹非凡。末造站在店前瞧着高高挂在屋檐下的鸟笼子，笼子里有鹦鹉和鹦哥，下面摆着的是白鸽和朝鲜鸽。然后末造把目光移向屋内叠置的鸟笼，笼子里有叫的，有转圈飞的，这些小东西叫的声音最响，也煞是活泼可爱。其中笼子最多也最热闹的，是明黄色的外国金丝雀。再仔细一看，有一种颜色很深个头一点大的红雀，很吸引末造。末造忽然觉得，买回去给小玉养倒不错。卖鸟的老汉似乎不大愿意卖，末造问过价钱，买了一对。付完钱，老汉问他如何带回去。末造说："不是连笼子一起卖的吗？"回答说："不是。"最后又买了一只笼子，让老汉把红雀装进笼子里。一只满是皱纹的手伸进装着几只小鸟的笼子里，粗手粗脚地抓出两只放进空笼里。老汉问他能分出雌雄吗？他勉勉强强"嗯"了一声。

末造提着红雀笼踅回俎桥。这回步履从容，不时提起笼子看看里面的小鸟。因吵架跑出来的郁闷心情，就像洗过一样烟消云散了。平时他深藏不露的温和的心，又浮出水面。笼中的小鸟害怕笼子晃动，紧紧抓住栖木，缩起翅膀，身子一动也不动。末造每回看都想：赶快带回无缘坂，挂到窗户上才好。

经过今川小路时，末造进了那家茶泡饭小店，吃了一顿午饭。在女佣拿来的黑漆餐盘对面，放着红雀笼子，他眼睛看着可爱的小鸟，心里想着可爱的小玉。小店的茶泡饭本淡而无味，末造却吃得津津有味。

十八

没想到末造给小玉的红雀，倒成了小玉和冈田交谈的机缘。

因为讲起这件事，不由得使我想起那一年的气候。当年父亲还在世，我们家就在北千住，家里后院种了秋草。星期六，我从上条公寓回家，见父亲买了很多矮竹条，说是二百十日①快到了，要给女郎花和泽兰之类一株株支上竹条扎起来。然而，二百十日平安无事地过去了。后来又说二百二十日危险，结果也什么事都没有。那阵子，天上乌云弥漫，似乎要变天，有时候闷热难当，以为又回到了夏天。东南风好像要越刮越猛，不料又停息了。父亲说二百十日变成了"细水长流"。

一个礼拜天的傍晚，我从北千住回到上条。学生都上街了，公寓里鸦雀无声。我进了自己房间，坐着发愣，原以为谁都不在，隔壁房间忽然响起擦火柴的声音。我正闷得慌，立即问道：

---

① 从立春算起第二百一十天，约在九月一日前后，常刮台风，日本农村视为厄日。

"冈田，在屋吗？"

"嗯。"应了一声，不知怎么这声音好像很生分。我和冈田处得很熟，彼此都用不着客气，但他这一声却有些反常。

我心里暗忖：我在这边出神，冈田似乎也在那边发愣。不会是想什么心事吧？这样一来，我倒想看看他是副什么模样。于是我又开口问："喂，我过去打扰一下行吗？""真不凑巧。其实刚才一回来就在这儿发愣。这时你回来了，弄得咕咚咕咚响，这才勉强点上灯。"这回声音倒还清朗。

我到了走廊，拉开冈田屋子的纸门。屋里正对铁门的窗子开着，冈田支肘坐在桌前，望着黑暗的窗外。窗上竖着钉了铁栅栏，窗外的两三棵罗汉柏蒙有一层尘土。

冈田回过身来说道："今天闷热得出奇。我这屋里有两三只蚊子，讨厌得很。"

我盘腿坐在桌子的横头，说："可不是嘛。我父亲说，这是二百十日细水长流。"

"嗯。二百十日细水长流，倒蛮有趣。不错，也许是这么回事。我还在想呢，这天一会儿阴一会儿晴，到底要不要出去。结果躺了一上午，看你借我的《金瓶梅》。脑子晕乎乎的，吃了中饭便出去散步，遇见一件奇事。"冈田没看我，脸冲着窗外说。

"什么事？"

"打蛇。"冈田把脸转向我，说道。

"打蛇救美吗？"

"不是。救的是小鸟，不过与美人也有关。"

"这倒有趣。说给我听听。"

十九

冈田讲了这样一件事：

天上乱云翻滚，狂风猛刮不休，一忽儿把街上刮得尘土飞扬，一忽儿又平息下来。刚过中午，冈田看了半天中国小说，看得头昏脑涨，便走出上条公寓，习惯地朝无缘坂拐去。脑子里昏昏沉沉的。中国小说大体上都差不多，《金瓶梅》每看上一二十页，刚觉得有点平实的叙事，却又写些粗俗下流的东西，好像成了规矩。

"因为刚看过那种书，我想，当时走在路上表情一定很怪。"冈田说。

过了一会儿，走到右侧是岩崎家的石墙，开始下坡，发现左侧聚集了许多人，正在他平日经过时格外注意的那户人家前面。聚在那儿的都是些女人，有十来个吧。大部分是小姑娘，像小鸟儿一样，七嘴八舌地在议论些什么。冈田不知是什么事，还没等他生好奇心想去弄清楚原委，刚才走在路中间的两只脚，竟朝那边迈出两三步去。

在场的女人把目光都盯在一处。冈田循着她们的目光，发现了混乱的源头：原来是挂在那家格子窗上面的鸟笼子。也难怪那帮姑娘大惊小怪的，冈田看到笼里的情形也吓了一跳：小鸟吧嗒吧嗒地拍打翅膀，一边叫，一边在狭小的笼子里扑腾。冈田心想，是什么东西让小鸟这么惊恐？仔细一看，是一条大青蛇脑袋钻进了笼子，像楔子一样夹在细竹棍之间，笼子看上去还没坏。蛇弄开与身子一样大小的笼子门，脑袋钻了进去。冈田想看清楚些，又朝前走了两步，站在一排小姑娘的身后。小姑娘们像商量好了一样，给冈田让出一条路，把他当成救星请到前面。冈田这时又新发现一件事：小鸟不是一只，除了扑腾着翅膀到处逃的那只，还有一只同样毛色的小鸟给衔在了蛇嘴里。一边的翅膀整个给咬住，也许是吓死的，另一边翅膀耷拉着，身子软瘫得像棉花。

这时，有个比她们大一点的女人，像是这家的主人，客气地忙问冈田能不能想法子把蛇弄掉。"她们各位都是到隔壁来学做活的，全出来了，可是女人家，谁也不敢。"女人又补充道。其中有个小姑娘说："这位太太听见笼子里扑腾声，开门一看，见是蛇，吓得大叫，我们丢下手里的活，都跑了过来。实在是谁都没办法。师傅还在屋里，就算在场，年纪大了也不顶事。"

讲这件事的时候，冈田说："那家的女主人还是个出色的美人哩。"可是他没说原先就认识，是那个每次经过门前都向她点头的女人。

冈田回答之前，先到笼子下面打量一番蛇的样子。笼子挂在窗户上，靠近隔壁裁缝师傅家，蛇从两家的中间沿着房檐爬出来，冲着鸟笼子一头钻了进去。蛇身子像搭在绳子上似的，爬过房檐的横梁，尾巴还藏在犄角的柱子顶上。是一条相当长的大蛇，大概是在草木繁茂的加贺邸的什么地方待着，因为这阵子气压变化大，出来四处窜，才发现笼子里的鸟。冈田也有点迟疑，怎么办呢？难怪这些女孩子家无从下手。

"有刀没有？"冈田问。女主人吩咐一个小姑娘："去厨房拿把刀来。"小姑娘看来是佣人。跟师傅家学裁缝的其他姑娘一样，穿着单和服，系了一条紫色毛料缝的吊袖带。小姑娘大概不愿意拿她的切菜刀斩蛇，眼神里带着不满的神色看着女主人。"不要紧，回头给你买把新的来。"太太说。小姑娘似乎同意了，跑进屋里拿出一把厚刃尖刀来。

冈田好像等不及的样子，接过刀，脱下脚上的木屐，一只脚踩在窗台上，左手攀住房檐上的横梁。冈田知道，刀虽新但并不锋利，所以不能一刀就完事。他先用刀把蛇身压在横梁上，来回拉了两三下。刀切在蛇鳞上，手上的感觉就像拉玻璃似的。这时，蛇已经把衔住翅膀的鸟头拖到嘴旁，身子虽受重伤，波浪般地蠕动，却既不想把口中的猎物吐出，也不想把脑袋从笼子里抽回。冈田手不松劲，又来回像在砧板上切肉一样，终于把蛇切成两截。蛇还在蠕动的下半截，呼的一声，掉在檐下种着麦门冬的地方。接着，爬在窗楣上的上半截也耷拉下来，脑袋还插在笼子里。笼子上的竹篾条，弯得像弓却没断，吞下半只鸟的蛇头撑得很大，卡在中间拔不出来。上半截吊在笼子上，坠得笼子歪成四十五度角。笼子里还活着的那只小鸟，居然没累垮，仍旧扑腾着翅膀撞来撞去。

冈田手松开横梁，跳了下来。女孩子家一直屏气看着，有两三个姑娘看到此处便回到裁缝师傅家。"笼子得摘下来，把蛇头去掉。"冈田看着女主人说。可是，笼子上吊着半截蛇，黑血从刀口那里吧嗒吧嗒滴到窗台上。所以女主人和小丫头谁都不敢进屋，把吊鸟笼的麻绳解开。

正在这时，有人大喊一声："我给您把笼子摘下来吧？"大家的目光转了过去，说话的是酒店的小伙计。礼拜天的下午，无缘坂上没有行人，冈田打蛇时，只有这个小伙计一人经过，提着麻绳拴着的酒壶和账本，站在一旁看热闹。这时，蛇的下半截落在麦门冬上，小伙计扔下酒壶和账本，马上捡块小石头，盯着还没死透的蛇，砸一下，蛇下半截就像波浪似的动一动。"那就麻烦你啦，小伙计。"女主人求他道。小女佣从格子门把小伙计领进屋里。不大会儿小伙计出现在窗口，登上放着万年青花盆的窗台，尽量伸长身子，从钉子上解开吊笼子的麻绳。女佣不肯接，小伙计拿着笼子跳下窗台，从门口走到外面。

小伙计傲慢地提醒身后的女佣说："笼子我拿着，你得把血擦干净，都滴到席子上了。""真的，得赶快擦掉。"女主人说。女佣踅回格子门内。

冈田看了看小伙计拿出来的笼子。一只小鸟蹲在栖木上，索索发抖。咬住的那只，大半个身子在蛇嘴里。蛇身虽给斩成半截，直到最后那刻，那死蛇仍想把小鸟吞到肚里。

小伙计看着冈田问道："把蛇拿下来吗？""嗯，还是拿下来的好。把蛇头弄到笼子中间再抽出来，要不然，竹子没断也会给弄断的。"冈田笑着说道。小伙计顺利地把蛇头取出来，用手指拽了拽鸟尾巴，说道："死都不松口。"

留下来的那帮学裁缝的姑娘，到了这时觉得没什么可瞧的了，一齐走回隔壁的格子内。

"噢，我也该走了。"冈田环视一下周围说。

女主人愣在那里若有所思，听了这话，便看着冈田。她犹豫着想要说什么，眼睛看着旁边，发现冈田手上沾着一点血。"哎呀，您的手弄脏了。"说着便叫女佣端盆水到门口。冈田说这话时，没有详细说那女人的态度，但是他说："只有小手指上沾了一点点血，我心想，真难为她，居然能看到。"

冈田洗手的时候，小伙计一直想把死鸟从蛇嘴里拽出来。"哎呀，糟糕！"小伙计大叫一声。女主人拿着叠好的新手巾站在冈田旁边，这时一手扶着敞开的格子门，向外张望了一眼问道："什么事呀，小伙计？"

小伙计摊开手掌堵着鸟笼子说："活着的那鸟，险些从蛇脑袋钻破的窟窿里逃走了。"

冈田洗完手，用女主人递过来的手巾一边擦手，一边对小伙计说："千万别松手！"随后又对女主人说要点结实的线绳，绑上去，免得小鸟从窟窿里飞走。

女人想了一下问道："头绳行不行？"

"行。"冈田说。

女主人吩咐女佣把梳妆台抽屉里的头绳拿来。冈田接过去，在

135

鸟笼上竹子折弯的地方横竖绑了好几道。

"我能尽力的也就这些了。"冈田说完便走出大门。

"实在是……"女主人似乎不知说什么好，随后跟了出来。

冈田对小伙计说："小伙计，辛苦你一趟，顺便把蛇给扔掉好不好？"

"好吧，扔到坡下的深沟里吧。哪儿有绳子呢？"小伙计说着向周围看了看。

"有绳子，回头拿给你。你等一等。"女主人又吩咐女佣。

这时冈田说了一声"再见"，便头也不回地走下坡去。

至此事情讲完。冈田望着我说道："喂，你说，虽说是为了美人儿，但我的确做了一桩事。"

"嗯，打蛇救美，简直像传奇，有意思。不过，事情好像并没有就此结束。" 我直率地说出心里想的。

"别胡说。要是没完，就不会说了。"冈田这样说，倒不像是掩饰。但是，倘若事情真就此结束，恐怕他心里也未尝不觉得有点可惜。

听了冈田的话，我只说了一句"像传奇"，其实我立即联想到了一点，只是藏在心里没说——冈田出门时刚看过《金瓶梅》，会不会以为遇见了潘金莲？

大学里当杂役出身的末造，如今成了放高利贷的，他的名字在学生当中无人不知。即使没借过钱，也该知道他的大名。然而，无缘坂的那个女人是末造的小老婆，倒是有人不知道，冈田就是其中之一。当时我还不大清楚那女子的为人，只知道她是末造在裁缝师傅的隔壁纳的小。我所知情况，比冈田略为翔实。

二十

那是请冈田打蛇当天的事。以前只是用眼神致意，今儿个能同冈田亲切地说话，小玉觉得自己的心情起了急剧的变化，连自己都惊讶。有些东西女人是想要不想买的，商店橱窗陈列着的时钟啦、戒指啦，每次经过，女人都会看上几眼，却不会特意跑去看。有事从门前经过时，必定会瞧一瞧。想要的东西买不了，成为不可企及的事，只好死了那份心。那么，愿望与放弃便成了一回事，于是产生某种轻微而又甜蜜、不太痛楚又带点哀伤的情绪。女人把咂摸这种滋味视为乐趣。与此相反，有的东西女人想要而不得，就会感到强烈的痛苦，为此而苦恼，坐立不安。明知等上几天就能到手，但都等不及，一旦心血来潮，立即去买，哪怕酷暑严寒，夜色深沉，雨雪纷飞，都在所不惜。甚至有女人去偷盗，这并不稀奇。她们只不过把想要和想买这两件事给混淆了而已。对小玉来说，以前冈田是她想的，而今天变了，已变成她想买的了。

小玉想：怎样才能借救小鸟的因由，设法去接近冈田呢？起初想打发小梅送点礼，表示谢意。那么送什么好呢？买些藤村的豆沙包？那太不高明了。这么普通的事，谁都办得到。要是用碎布给他缝个靠垫，冈田先生会当成小姑娘家表示情意的玩意儿，要笑话我的。实在想不出送什么好，等想好了，再打发小梅送去吧。名片最近倒是在仲町印了，仅仅附上一张名片又有点不大甘心。附上一封信吧？那也难呀！书只念到小学就辍学了，后来再也没空练字，连封像样的信都写不成。隔壁的师傅自称在官府人家做过事，要是求她倒也不难。可我不愿意。倒不是要写什么不可告人的事，因为信是给冈田先生的，不愿意叫别人知道。哎呀，怎么办好呢？

这好比来来回回在一条路上走一样，小玉翻来覆去思量这点事，梳洗打扮或是进厨房吩咐什么事，一时岔开能忘掉，过一会儿又想了起来。有一天末造来了，小玉一边侍候他喝酒，心里一边又合计起来。"什么事想得那么专心？"挨了末造的呲儿。"哪儿呀，人家什么都没想。"小玉若无其事地做出笑脸，心头怦怦直跳。然而，她这一向已经老练多了，心里藏着什么事，连目光锐利的末造也难看透。末造回去后，她做了一个梦：终于买了一盒点心，赶紧打发小梅送去。但既没放张名片，也没附封信。猛地想起来，梦醒了。

到了第二天，也不知是冈田没出来散步呢，还是小玉忽略了，她恋慕的那张面孔竟没看到。隔一天，冈田照常从窗外经过。朝窗户看了一眼便走了过去，因为屋里暗，没能和小玉打照面。又隔了一天，到了冈田经过的时间，小玉拿起扫帚，在没什么灰尘的格子门内仔细打扫，除了脚上穿的一双竹皮屐外，还拿出一双低齿木屐，一忽儿摆在左面，一忽儿摆在右面。"哟，我来扫吧。"小梅从厨房出来说。"不用了。你去看着炖的菜，我没事，随便扫扫。"把小梅撵回厨房。这工夫，冈田刚好经过，摘下帽子点点头。小玉脸上通红，拿着扫帚愣在那里，一句话都没说出来，冈田便走了过去。小玉像扔掉烫手的火筷子似的，一把扔掉扫帚，脱下竹皮屐，赶紧进屋。

小玉在火盆边坐下来，一边拨弄火一边想：咳，我真是一个大傻瓜。以为今儿个天凉快，开着窗瞧外面，人家会奇怪，便假模假样地拿起扫帚装扫地，诚心等着，真到了节骨眼上，反倒什么也说不出来。在老爷面前尽管装得难为情，只要想说，不管什么事，没有说不出的。那么，对冈田先生怎么就开不了口呢？人家那么帮忙，谢一声总是应该的。今天若不说，恐怕往后就没机会说了。想打发小梅送点礼去没做成，见了面又说不出话来，简直一点办法都没有。我当时究竟为什么不吭声呢？对了，对了，我当时的确想说来着，只不过不知道说什么好。"冈田先生。"讪着脸招呼人家，我可做不来。那么，见了面"喂喂"地叫人也难开这个口。这样想来，当时张皇失措，也难怪。就这么慢慢设想，还是想不出个主意来。不对，不对，想这样的事，足见我是个大傻瓜。用不着打什么招呼，立马跑出去就行。那样一来，冈田先生准会停下脚步。只要他停下来，我就能说："那个，上次的事，承您帮忙……"或是别的，什么都可以说。小玉一边想这些事，一边拨弄火，水壶盖在掀动，便掀开一半，让热气冒出来。

接着，是亲自说好还是派佣人去好，小玉又在这两难之间踌躇起来。不久，傍晚时分，天渐渐凉爽，窗子没法再开了。扫院子，原先是天天早晨扫一次，自从那天的事以后，小梅早晚各扫一次，自己也不好再插手。小玉去洗澡的时间晚，想在半路上碰到冈田，而到坡下澡堂子的路实在太短，很难遇见。如打发佣人去，往后越拖越难办。

小玉也曾一时起过这样的念头：索性死了这份心吧。从那次以后，我一直没谢过冈田先生。该谢而不谢，那是对他为我做的事表示领情。我既然领情，他心里也一定会明白。小玉认为，不要弄巧成拙，道谢反而不如这样不道谢的好。

不过，小玉是拿领情当作借口，想尽快接近他。只不过一时想不出办法来，所以每天暗自绞尽脑汁。

小玉是个要强的女人，自从给末造纳了小，周围的人当面瞧她不起，背地里却羡慕她。在短短的时日里，她尝尽了做妾的苦头，也因为这样，她养成愤世嫉俗的脾气。但她本性善良，只是缺少历练，跟住在公寓里的大学生冈田接近，她开始有自惭形秽之感。

在一个秋高气爽的日子，小玉打开窗户。那次，好不容易能同冈田亲切地说句话，递手巾给他，却最终也没能进一步接近；现在，经历过这些事，即使又见面，还不是跟什么事都没发生一样。所以，小玉心里非常焦急。

即使末造来了，隔着方火盆，对面坐着说话的时候，小玉心里也会想，要是冈田先生多好。起初每逢这样想，她还责备自己没廉耻。然而，慢慢儿就满不在乎了，心里只是想着冈田，嘴上附和着末造。到了后来，任凭末造为所欲为，自己则闭起眼睛一心想着冈田。她时常梦想着与冈田在一起。没有繁文缛节，无头无尾，两人就在一起了。刚觉得："啊，真开心！"对方竟不是冈田，变成末造了。她遽然惊醒，尔后便兴奋得睡不着，有时会急得哭起来。

不知不觉到了十一月。一连几天都是小阳春天气，开着窗也不会惹人注意，小玉几乎又能天天看见冈田了。头些日子冷雨连绵，有时两三天见不到冈田的面，小玉便心情郁闷。尽管如此，小玉性情温婉，不会拿小梅出气。何况她也绝不愿意叫末造看出自己不高兴。逢到这时，不过是胳膊肘支在火盆边上，一声不响地发愣而已，小梅仅只问一声："是哪儿不舒服吗？"这几天因为天天能见到冈田的面，难得她高兴起来。

一天早晨，她比平日更加愉快，便出门上池之端父亲家玩去了。小玉每礼拜准去看望父亲一次，每次都没有待过一个钟头以上，因为父亲不让她多待。每次去，父亲都特别亲热，好吃的全拿出来，还沏上茶，吃过喝过，便立即催她回去。这不是老人性子急的缘故，因为他觉得，既然叫女儿去服侍人，要是由着性儿把她留在自己这儿，就太对不住人家。小玉第二次还是第三次来父亲这儿的时候，说上午老爷绝不会去，稍微再多待会儿也不要紧。父亲硬是没允许，说道："不错，前两次他是没去。但说不准什么时候，万一有事去了呢？如你跟老爷打过招呼，又当别论，像这样出来买东西，顺路弯一下，怎么能多待呢。老爷若以为你到什么地方闲逛，岂不就麻烦了吗？"

要是父亲知道了末造是做什么的，心里会不会难过呢？小玉一直提心吊胆，每次来，都要察言观色，父亲像是毫不知情。这也难怪，父亲自从搬到池之端，没过多久就开始租书来看，大白天里，总是戴副老花镜看租来的书。他只看历史小说和评书话本的手抄本。这些日子看的是《三河后风土记》，因为册数多，所以父亲说，眼下这些书足够他消遣的。租书铺的向他推荐传奇小说，他说，写的都是瞎编的故事吧？他碰都不碰。晚上，说是眼睛看累了，不看书到书场去。在书场里，他不管说的是真事还是胡编的，单口相声听，说书也听。广小路的书场主要说评书，没有他特别中意的人出场一般不去。他的娱乐仅止于这些，他不同别人闲聊，没什么朋友。因此，有关末造的身世，也就没人去刺探。

　　话虽如此，附近也有包打听：常去老人家的漂亮女人是什么人？居然也给他们打听出来，是放高利贷的小老婆。要是左邻右舍爱传闲话，不论老爷子多拘谨，免不了会听到些风言风语，幸好一边的邻居是博物馆的职员，性喜字帖，专心于临摹；而另一边的邻居，现在已经很少有这种人了，是木板印刷的刻板师，人也刻板到绝不为多赚钱而改行刻图章。这样，无须担心左右邻居会破坏老爷子心中的平静。同一排房子当中，开店做生意的，当时有荞麦面馆莲玉庵和煎饼铺，再往前快到广小路拐角，是卖梳子的十三屋，此外再没有别的店了。

　　老爷子仅凭开格子门的动作，轻轻脱木屐的声音，不用听到温柔的喊声，就知道是小玉来了。于是他放下读了半截的《三河后风土记》，等她进屋。摘下眼镜，能见到可爱的女儿，对老爷子来说，这一天就像是过节一样。女儿来了，他准把眼镜摘了。戴眼镜当然看得更清楚，可老爷子总觉得隔着一层玻璃，不过瘾。平日他存了许多话想要跟女儿说，说着说着有些话就忘了，等女儿走了才想起来。但是唯有"老爷身体好吗？"这句给末造问好的话，他不会忘。

小玉看到父亲今儿个挺开心，便叫父亲讲阿茶夫人的故事，又说广小路上新开一家大千住的分店，买来一盒糯米脆饼孝敬父亲。父亲不时地问："还不回去，行吗？"小玉笑道："不碍事的。"一直玩到快晌午了。小玉心里寻思着：末造这些天常常出其不意地过来，要是把这事告诉父亲，"还不回去，行吗？"这话该催得更紧了。日后倘若做下丢人的事，末造不在家的时候，就不好过来了。不过，她已不去操心这些事了。

二十一

天气渐渐冷了起来。小玉家的水池前面，只有木屐踩着的地方才在土里垫块木板，木板上结了一层白白的晨霜。深水井上的长吊绳冰冷的，小玉心疼小梅，给她买了一副手套。小梅觉得，一次次戴上脱下，在厨房做活不方便，一直把手套珍重地收起，仍旧光着手打水。洗衣服、刷抹布，小玉都让她用热水，但小梅的手慢慢地还是粗糙起来。小玉惦记她的手，便说道："不论做什么，手湿了不管可不好。手从水里拿出来后得马上擦干。活儿做完，别忘了用香皂洗洗手。"甚至还买了一块香皂给她。小梅的手最后还是变粗糙了，小玉挺心疼她的。自己从前也做过这些活，可是没像小梅的手那么粗糙，心里挺奇怪的。

小玉一向是醒了便起床，近来只要小梅说："今儿早上水池子冻冰了，您再躺会儿吧。"她就躺在被窝里。教育家告诫青年，为了避免胡思乱想，上床后不可不马上入睡，睡醒后不可不立即起床。身体血气方刚，躺在热被窝里，恰如毒花在火中燃烧一样，会萌生出种种幻象来。小玉这时的想象也相当放肆，眼睛精光发亮，眼睑和脸蛋像吃醉了酒一样涨得通红。

是晓霜铺地那天的事。头天晚上，夜空如洗，星光灿烂。小玉在被窝里躺了好半天，近来总觉得打不起精神，小梅早将挡雨板打开，看到朝阳从窗户射进来，小玉这才起床。她系了一条细腰带，披着棉罩衣，站在廊子上用牙签剔牙。这当口，格子门哗啦一下打开了。"您来啦。"小梅殷勤的招呼声，接着便是进屋的声音。

"呀，睡懒觉啦！"是末造，说着便在火盆前坐了下来。

"哎呀，真对不住。怎么这样早呀？"小玉赶紧扔掉嘴里的牙签，把唾沫吐进桶里，脸上红扑扑地带着笑，末造看在眼里，觉得从来都没这么美。小玉自从搬到无缘坂后，一天比一天美。起先有种女儿家的楚楚可怜，让人动心，现在变成一种媚人的风韵。末造看到这一变化，认为小玉懂得了风情，是自己造就了她，感到很得意。末造的眼光尖利，历来什么事都能看穿，可笑的是，对他所爱的这个女人的心思，这回可看走了眼。开头小玉本来一心一意地服侍她的夫主，由于身世急剧变化，她烦闷过，自省过，结果是，哪怕骂她不要脸她也心甘情愿。世上的女人经历男人多了，最后只落得一颗冷漠的心，小玉的心也同样变得冷漠了。为这样一颗心所拨弄，末造觉得是种刺激，感到愉悦。而且，小玉变得不怕羞耻，性格也一点一点放荡起来。末造感到，小玉的放荡挑起自己的欲念，越发为她着迷。所有这些变化，末造竟一点都没看出来。被小玉迷住的感觉，正是这么来的。

小玉蹲了下来，一边挪脸盆一边说道："您把脸转过去一点。"

"为什么？"说着，末造点上一支金天狗。

"人家要洗脸。"

"这不也能洗吗？快洗吧。"

"您瞧着，人家没法洗嘛。"

"真多事。这样成了吧？"末造吐着烟，把后背对着廊子。心想，真是孩子气呀。

小玉没脱衣服，只把领子松开，紧着洗了两把，比平日马虎得多。她无须依靠化妆遮丑，不用凭打扮增加美色，所以别人看也无所谓。

末造先是把背转过去，隔了一会儿又转向小玉这边。小玉洗脸时背朝着末造，一直不知道，等洗完脸，把梳妆台移过来，镜子里赫然映出末造一张叼着烟卷的脸。"哟，您真坏！"小玉说道，顺手拢了拢头发。松开的领子，从后颈至背上裂成一块三角形，露出雪白的肌肤，因为手抬得高，都快看到胳肢窝那里，丰腴的玉臂，末造怎么看也看不厌。末造知道自己要是不吭声地等她，小玉非急急忙忙草草了事不可，便故示轻松，慢条斯理地说道："哎，用不着着急。这么早出来没什么事。前两天你问过，说好今儿晚上来，可是有事要到千叶去一趟。顺利的话，明儿个能回来。万一出点麻烦，说不定得后天才回来。"

小玉正梳着头，"哟"了一声，转过头来。脸上的表情显得不放心的样子。

"乖乖儿地等着吧。"末造戏谑地说了一句，收起香烟盒，立刻站起身，朝门口走去。

"哎呀，没等沏茶就……"小玉说了一半，把梳子扔进梳妆匣里，起来出去送他时，末造已经拉开了格子门。

小梅从厨房端出食案放好，拄着手跪在席子上说道："太对不住啦。"

小玉坐在火盆旁，拿火筷子把火上的灰拨弄下来，一边笑道："哟，道什么歉呀？"

"我没来得及上茶。"

"哦，为这事！已经跟他打过招呼了。老爷没在意。"说着拿起筷子。

小梅看着正在吃饭的女主人，她不大爱发脾气，今早显得格外开心。方才笑着说"道什么歉呀"的时候，脸上微微发红，此刻还挂着笑容。小梅心里难免产生疑问：什么缘故呢？不过在小梅极其单纯的心里，不会想到去刨根问底。只是受了好心情的感染，自己也觉得高兴起来。

小玉不住地盯着小梅看，脸上高兴得越发显得心花怒放。说道："小梅，想不想回家看看呀？"

小梅惊奇得瞪大了眼睛。在明治十几年的时候，还沿袭江户时商人家里的惯例，即使在同一城里，在人家里当佣人，除了正月或是七月中以外，轻易不能回家省亲，这是规矩。

"今儿晚上，我想老爷怕是不来了，回家后，想住就住下好了。"小玉又重复说道。

"真的吗？"小梅不是不相信，实在觉得是过分的恩典，不由得反问了一句。

"能骗你吗？我才不作那种孽，来捉弄你。吃完早饭也甭收拾了，赶紧回去吧。今儿个痛痛快快玩上一天，晚上住一宿。明儿个可得一大早就回来。"

"是。"小梅高兴得满脸通红。父亲是拉车的，一进门摆了两三辆车，衣橱和方火盆之间仅能放下一块褥垫，父亲若不出车就坐在上面，不在家就母亲坐。母亲鬓角上的头发总是耷拉在半边脸上，系在肩上的吊袖带子难得解下来。小梅的脑海里，仿佛放电影一般，迅速掠过家里的情景和母亲的身影。

吃过早饭，小梅撤下食案。心想，主人虽说不用收拾，该洗的东西还得洗。便在小桶里用热水洗碗碟，碰得叮叮当当响。这时小玉拿个小纸包走了进来。"咦，还在收拾。这点东西容易洗，我来吧。你头发昨儿晚上梳好的，这样就蛮好。赶紧把衣裳换上。也没什么可送的，把这个带上。"说着把纸包递了过去，里面包着那种骨牌模样的五角纸币。

　　把小梅催着赶着打发走之后，小玉麻利地系上吊袖带，把下摆掖进腰带里，进了厨房。像做什么好玩儿事似的，洗起小梅没洗完的碗碟来。做这些家务小玉是把老手，快得小梅望尘莫及。做事仔细周到的小玉，与其说像小孩子玩玩具，倒不如说在消磨时间，拿起一只盘子来，五分钟都不离手。她脸上淡淡的红晕，显得生气勃勃，光彩照人，眼睛望空直勾勾地瞪着。

　　在她脑海里，一些乐观的景象穿梭不停。女人不靠任何外力，要自己打定个主意，真个是左思右想，优柔寡断，好不可怜，可是一旦下了决心，便不像男人那么瞻前顾后，而是如同一匹蒙上眼罩的马，勇猛直前。女人才不像男人那样疑虑重重，哪怕前面横亘着障碍，也不屑一顾。遇到事情，男人不敢做的，女人却敢作敢为，有时竟意想不到，马到成功。小玉想接近冈田，一度逡巡不前，如果有旁观者，看着都替她着急。但是今早末造来关照，说要去千叶，小玉的心情，恍如把追捕手放上扬帆的小舟，送向彼岸。于是催促小梅，把她打发回家。碍事的末造住到千叶，女佣小梅则住在父母家，一直到明儿早，自己无拘无束，是个自由之身，小玉真是心花怒放。她甚至觉得，事情这样顺利，显然是个好兆头，要达到最后目的并非难事。冈田今天绝不会偏偏不从门前经过。他有时一天来回走两趟，头一次万一没见着，第二次肯定不会错过。今天不论花多大代价，非得跟他说话不可。既然大着胆子跟他说话，他就不会不停下脚步来。虽沦落为一个下贱的小妾，而且还是一个放高利贷人家的小妾，但是，我比做姑娘时出落得还俊，反正没有变丑。而且，慢慢懂得怎样才能讨男人的欢心，这也是不幸中的万幸。退一步来看，冈田未必觉得我是个讨厌女人。不，的确没有。如果觉得我讨厌，就不可能每次见面都点头致意。上次打蛇也是这样，人家家里出的事，没理由非伸手帮忙不可。要不是我家的事，他说不定会装不知道，扬长而去哩。再说，我有这样的念头，我这份心思就算别人不理解，他总不至于一点都不明白。得了，也许事情没有想的那么难。小玉只顾转这些念头，连小桶里的热水凉了都不觉得。

小玉把碗盏放进碗橱，又回屋守着方火盆坐下来，不知为什么有些心神不定。今早小梅把火盆里的灰筛得细细的，小玉拨了两三下，蓦地站起来开始换衣服，准备到同朋町的女梳头店去。这是平时来家里给她梳头的女人介绍的，那位梳头娘姨人很好，她曾说过，如果是出门打扮，可上她那儿去梳头。小玉却从来都没去过那家店。

二十二

西方童话里，有个一颗钉子的故事。详细记不大清楚了，大意是农夫的儿子乘马车出门，轮子上有颗钉子掉了，于是一路上遇到种种麻烦事。我之所以要提这个故事，是因为酱烧青鱼和一颗钉子，其效果正是殊途同归。

我在公寓或学校宿舍里靠包饭解决饥饿问题，日久天长，有的菜已经吃腻，一看见就觉得倒胃口。不论坐在多凉爽、豁亮的餐室里，摆在多清洁的食案里端上来，那菜我只要看上一眼，鼻子里便仿佛嗅到住宿食堂里一种莫可名状的气味。若是炖的菜里有羊栖菜或是相良面筋，我的嗅觉就会起一种怪不舒服的hallucination（幻觉）。如果是酱烧青花鱼，那幻觉就简直到了极点。

有一天晚饭，这道酱烧青花鱼终于上了上条公寓的餐桌。我历来是饭菜一来，就立即拿起筷子，这次却迟迟不肯下箸。女侍见我踌躇，便问：

"您不爱吃青花鱼？"

"这个嘛，倒也不是不爱吃。烤的就很喜欢，但酱烧的就吃不下。"

"哟，老板娘不知道。那我去给您拿鸡蛋来吧？"说着便要起身去拿。

"等等。"我说，"其实我肚子还没大饿，散步回来再说。你跟老板娘随便说一声，可千万别说是我不爱吃那个菜。别给人家添麻烦。"

"那多对不住您哪。"

"别客气了。"

我站了起来，开始穿裙裤，女侍端起食案走开了。我向隔壁招呼道：

"喂！冈田在吗？"

"在。什么事？"冈田朗声应道。

"没什么事。我想出去散步，回来再到丰国屋去。要不要一起去？"

"去。正有话要跟你说。"

我取下挂在钉子上的帽子戴到头上，和冈田走出上条公寓，这时大概是下午四点多钟吧。并没有商量好往哪走，一道走出上条的格子门，一出门便朝右拐去。

快下无缘坂时，我用胳膊撞了撞冈田说："喂，在那儿哩。"

"什么呀？"冈田随即明白话中的意思，去看左侧格子门的人家。

小玉站在门前，即使憔悴也很美。不过，平日里，相对一个年轻健康的美人儿来说，小玉显然修饰得太漂亮。在我眼里，虽然说不出她哪儿有什么不同，但与平时所见，总归美得不同寻常。她的脸庞光艳照人，我甚至有种耀眼夺目之感。

小玉的眼睛痴痴地看着冈田。冈田慌忙摘下帽子点了点头，无意中加快了脚步。

我作为第三者毫无顾忌地频频回过头去。小玉依然在久久地张望着。

冈田只顾低头走下无缘坂，脚步丝毫也没有放慢。我默默地跟着走了下去，心中交织着各种感情，最根本的一点便是恨不得与冈田换个位置。但又不愿承认这一点，内心在呼叫："怎么，我难道是如此卑劣一个人吗？"我于是极力打消自己的念头，气愤于自己竟然压制不住这念头。我想与冈田换个位置，并非想领受她的诱惑，只不过想，像冈田那样受女人的青睐，心中一定挺得意的。那么，受人青睐，是何况味呢？这件事上，我想保持自己的人格。我绝不会像冈田那样逃避。我会与她相见，同她说话。但不会玷辱自己清白之身，仅止于打招呼说话而已。并且，对她会像对妹妹一样爱护，会帮助她，救她脱离泥淖。我的想象漫无边际，最后归结到这一点上。

冈田和我两人一声不响，默默地走到坡下的十字路口。一直走过派出所，我终于开口说道："喂，不过分吗？"

"嗯，什么？"

"这算怎么回事呢！从方才起，一路上你一定也在想她。我几次回头去看，她一直望着你的背影。恐怕此刻还站在那里往这边瞧呢。'目逆而送之'，《左传》里不是有这样一句话吗？现在可是人家女的在看你哪！"

"别再提这事了。我只跟你一个人说过，你就别捉弄我了。"

说话的工夫来到不忍池畔，两人都停下了脚步。

"到那边转转吧。"冈田指着池子北岸说道。

"好吧。"我们沿着池子朝左拐去。走了十来步，看见左侧并排有两座二层的小楼，我自言自语地说："这就是樱痴和末造的公馆了。"

"真是绝妙的对比。樱痴居士也并不廉洁嘛。"冈田说。

我不假思索地辩驳道："一旦成为政治家，不论怎么样，总难免沾染上一些毛病。"我恐怕是想把福地先生同末造的距离尽可能拉大。

福地公馆的板墙一头往北，隔了两三户人家，有间小房子挂着"川鱼"的招牌，我看了说道："一看这招牌，不知怎的，就想吃不忍池的鱼。"

"我也这么想呢。未必就是梁山泊好汉开的店。"

我们说着过了小桥往池子北面走去。一个学生模样的青年站在岸边正打量着什么，见我俩走了过去，便招呼道："喂！"原来是石原，此人柔道颇精，除了专业课外，其他书一律不看。冈田和我同他并不十分要好，但也不讨厌他。

"站在这里看什么呢？"我问道。

石原默默指指池子。冈田和我透过傍晚灰暗浑浊的雾霭，朝他指的方向看去。从通往津根的小沟到我们三人站着的水边，是片茂密的芦苇。枯萎的苇叶，越到池中心越稀疏，只有残荷败叶，以及海绵一般星罗棋布的莲蓬，叶茎和莲蓬高低错落，垂折下来，成锐角形立在水面上，给景物平添一股荒凉的野趣。从沥青色的荷茎缝隙里，看见有十来只大雁徐缓地飞来飞去，朦胧地倒映在黑幽幽的水面上。有的立在水中一动不动。

"石子够得到不？"石原看着冈田问道。

"够是够得到，但能不能打中不敢担保。"冈田回答道。

"试试看。"

冈田有些犹豫。"那群雁都睡了吧？扔石头打，怪不忍的。"

石原笑道："如此多情，好难办呀。你下不了手，我来。"

冈田不情愿地捡起一块石子，说："那我就把它们吓跑。"石子嗖的一声轻响，飞了出去。我举目追踪石子的去向。一只雁高高挺起的头颈应声垂下。与此同时，有两三只雁嘎嘎叫着拍打着翅膀，在水面上散开，但是并没有飞走。头颈垂下的一只，仍在原地一动不动。

"打中了。"石原说。他看了一会儿水面，接着说道："我去把那只雁捡回来，回头你们帮我一把。"

"怎么去拿？"冈田问。我不由得侧耳去听。

"此刻不合适，再过半小时，天就黑了。只要天一黑，我就能轻而易举拿回来。你们不动手也没关系，到时候可得在场帮我忙。回头用这只雁，请你们大快朵颐。"石原说。

"倒有趣。"冈田说，"可是这半小时里干什么呢？"

"我在这附近走一走。你们两位随便去哪儿然后再回来。三个人都站在这里，太惹人注目了。"

我对冈田说："那么咱俩绕池子转一圈再回来。"

"好吧。"说着冈田抬腿就走。

二十三

我和冈田一起走到花园町的尽头,然后往东照宫的台阶走去。一时之间,两人谁都没作声。"雁也有倒霉的啊。"冈田自言自语地开口道。在我的想象中,虽无必然的联系,却浮现出无缘坂的女人。"我只不过朝有雁的地方扔过去而已。"冈田对我解释道。"嗯。"我应了一声,仍在琢磨那女人的事。"不过,我很想看石原如何去拿那只雁。"隔了一会儿,我说道。这回冈田"嗯"了一声,一面想着什么心事,一面走路。大概是惦着那只雁吧。

下了石阶往南,朝辩天神社走去。打死了大雁,两人的心头都笼罩上一层阴影,说话也时断时续。经过辩天神社的牌楼时,冈田似想换个题目,打破沉默道:"有件事要告诉你。"于是我听到一件意想不到的事。

事情是这样的。冈田今晚原想到我屋里告诉我,正巧我约他出来,便一起到了外面。出来后,本打算在吃饭时说,看样子是说不成了,便边走边拣要紧的说。冈田决定不等毕业便去留学,已经向外务省申请了护照,也向大学方面提出了退学。有位德国Professor W.来日本研究东洋风土病,是他聘用冈田的,可负担往返旅费四千马克和每月生活费两百马克,条件是要懂德语又能流畅阅读汉籍的学生,贝尔兹(Baelz)教授便推荐冈田去。冈田到筑地去找W教授，接受考试。教授让他翻译《素问》和《难经》各两三行，《伤寒论》和《病源候论》各五六行。《难经》里偏巧出的是"三焦"中的一节。"三焦"的焦，译成什么好呢？颇费斟酌，最后音译为"chiao"。总之考试合格了，当即签了合同。W教授现在贝尔兹教授所在的莱比锡大学任教，所以要把冈田带到莱比锡去，医师考试由W教授负责。毕业论文可以引用为W教授翻译的东洋文献。冈田明天便要离开上条公寓，搬到筑地W教授那儿去，把教授从中国和日本收集来的书籍装箱，然后跟教授一起去九州考查，随即在九州乘Messageries maritimes（法国海轮）公司的船动身赴德。

我时时停下脚步说，"真想不到！"或说，"你真果断。"存心放慢脚步，好仔细地听他讲。等他讲完，一看表，跟石原分手不过十分钟，绕着池子已经走了三分之二，仲町后面的池之端快走到头了。

"现在就过去还太早。"我说。

"上莲玉庵吃碗面吧？"冈田提议。

我当即同意，遂一起踅回莲玉庵。从下谷到本乡一带，莲玉庵当年是口碑最好的面馆。

冈田一边吃面一边说道："好不容易念到现在，不毕业就走，实在遗憾。可是官费留学没份儿，失去这次机会，就不可能一睹欧洲风光了。"

"那当然，机不可失。毕不毕业又算什么，在那边能当上医师也一样。再说，即使当不上医师也不用担心。"

"我也是这样想，只不过取个资格而已。入乡随俗，聊复尔耳。"

"准备得如何？动身似乎太匆忙了。"

"哪里，我就这样动身。W教授说，日本做的西服，在那边穿不出去。"

"是吗？记得以前看《花月新志》，说是成岛柳北在横滨突然心血来潮，当下打定主意，乘上船就走了。"

"是啊，我也看过。听说柳北甚至信都没给家里寄就走了，我是已给家里详详细细写了一封信。"

"是吗？好羡慕你呀。你随W教授同行，路上用不着提心吊胆。出门旅行如何光景，我是一点也想象不出来。"

"我也不知道会是什么样。昨天去见了柴田承桂先生，他一向非常照顾我，同他说了这件事，便送给我一本他所写的《西洋旅行指南》。"

"哦，还有这样的书？"

"嗯，是非卖品。听说只给初次留洋的乡巴佬。"

话说到这里，一看表，差五分钟就半小时了。我和冈田急忙离开莲玉庵，赶到石原等我们的地方。池上已经暮色四合，辩天神社的红漆牌楼在雾霭中隐约可见。

等在那里的石原拉着冈田和我走到池边，说道："现在正当其时。没伤着的雁都换了栖身地。我马上动手，你们在这儿待着，得给我指点。你们看！两丈来远的前方，有株莲茎向右弯，在其延长线上，有株莲茎稍矮，向左弯，我得顺着那个延长线一直往前走。若走偏了，你们就在这儿喊我，往右或是往左，给我指正方向。"

"好。根据parallax（视差）原理。水不深吗？"冈田问道。

"哪的话，不必担心我够不到底。"说着，石原迅速地脱下衣服。

石原踩下去的地方，淤泥仅及膝盖上。他像鹭鸶似的，抬起一只脚再踩下去另一只脚，一步一步地挪过去，深一脚浅一脚的，眼看着越过了两株莲茎。过了一会儿，冈田喊："向右！"石原便向右迈过去。冈田又喊："向左！"因为石原向右偏过头了。石原立刻停住脚并弯下身去，随后转身往回走。等过了远处的那片莲茎，可以瞧见他右手提着的猎物。

石原上了岸，只半截腿上沾了泥。那只雁比想象的要大。石原把脚洗了洗，穿上衣服。这一带此时很少有人来往，石原下池子直到上岸，没有一个行人。

"怎么拿回去呢？"我问。

石原一边穿裙裤一边说道：

"冈田的大衣最大，藏在他大衣里头拿回去。在我的住处做菜。"

石原租了别人一间屋子。房东阿婆人缘不大好，倒正是可取之处，只要分些雁肉给她，就能封住她的嘴。从汤岛的新开路到岩崎公馆的后面，有条小巷，房子便在那条弯弯曲曲的小巷尽头。石原简短地说了说拿着雁去那儿的路线。首先，到他的住处有两条路：

一条是从南走新开路，另一条是从北走无缘坂。两条路都以岩崎公馆为中心，远近相差不大。此时也顾不上远近。麻烦的是，两条路上都有一个派出所。权衡利弊，决定避开热闹的新开路，取寂静人少的无缘坂。雁由冈田藏在斗篷里提着，其余二人一左一右，分别挡着冈田，这是万全之策。

冈田苦笑着提起大雁。不论怎么个拿法，大雁的翅膀都会从大衣的下摆露出两三寸来。而且，下摆撑得不成样子，人看起来像个圆锥体。石原和我必须设法不让他太显眼才行。

二十四

"行啦，就这样走吧。"说着，石原和我把冈田夹在中间走了起来。起初，三人担心的是十字路口的派出所。从门前经过时，石原不停地高谈阔论，说这是窍门。我记得说的好像是："心不可动，心动即生隙，隙生则不得上乘。"石原引了老虎不吃醉汉为例。他说的这段，恐怕是听柔道师傅讲的，然后要鹦鹉学舌讲给我们听。

"这么说巡警是老虎，我们三个是醉汉喽。"冈田嘲弄道。

"Silentium（安静）！"石原喊道。因为已经快到拐角，该上无缘坂了。

拐过弯是一条小巷，一侧是茅町临街房的屋后，一侧是池边住宅的后院，当年小巷两侧停放着板车之类。到了拐角，已能看见巡警站在十字路口的身影。

走在左面的石原突然对冈田说："你知道计算圆锥体体积的公式吗？什么？不知道？那简单之极。是底面积乘以高的三分之一。如果底面积是圆，体积的公式就是 $\frac{1}{3}\pi r^2 h$ 若能记住 π =3.1416，便很容易了。我能记得小数点以下八位，π =3.14159265。再往下的小数，意思就不大了。"

这样说着，三人穿过了十字路口。派出所位于我们经过的小巷左侧，巡警站在门前瞧着从茅町往根津方向跑去的人力车，只朝我们无意地瞥了一眼。

"为什么算起圆锥体的体积来了？"我问石原道，与此同时，一眼认出站在坡中间的女人，她正朝我们望了过来。我心里感到异常的激动。从不忍池北头往回走的一路上，比起派出所的巡警，我想的更多的是这女人。不知是为什么，总觉得她似乎在等冈田。果然，我的猜想没骗我。女人离开自家门口，在前面两三户人家那里迎候着。

我睃了一眼石原，看了看女人的面庞，又看了看冈田的脸颊。冈田的脸一向气色红润，这时显得格外地红。他忽然佯装去碰帽子，手扶着帽檐。女人的面容如石头一样凝然，睁得大大的一双美目，蕴含着无限憾意。

这时，石原正在回答我的问话，我耳内只闻其声，心中不辨其意。石原大概是说看见冈田大衣下摆鼓鼓的，像个圆锥形，由此联想到圆锥的体积，便冲着巡警算了起来。

石原自然也看到了那女人，可能他只认为是个美人罢了，并未留意。石原继续饶舌："我告诉你们不动心的秘诀，是因你们的修养还差一点，一旦面临紧急，恐怕难以做到。为此我想出这办法，不叫你们的心思转到别处去。说什么都行，关键要像我方才讲的道理，于是提出圆锥公式的算法。总之，我的办法不错吧？幸亏这个圆锥公式，走过巡警面前时，你们才能保住unbefangen泰然自若的态度。"

三人走到了岩崎公馆向东拐的地方。一进小巷，连一辆单人人力车都过不去，可以说不会有任何危险了。石原从冈田身旁走开，在前面带路。我又一次回过头去，已经不见那女人的身影了。

那晚，我和冈田在石原的住处一直待到半夜。雁肉成了下酒菜，陪着石原喝酒。冈田留洋的事只字未提。我本有很多话要说，只好忍住了，听石原和冈田讲划船比赛的事。

回到上条公寓，我因疲倦和喝醉，未及多说话，同冈田分手后倒头便睡。第二天，从大学回来一看，冈田已经人去屋空。

正如同一颗小钉子引发出大事件一样，上条公寓晚餐的一碟酱烧青花鱼，竟使冈田同小玉永无相会之期。而且不仅如此。不过，后来的事，已是"雁"这故事的题外话了。

这个故事写完，屈指算来，距当年已三十五载。故事的一半，是我与冈田交友一场亲眼所见，而另一半，冈田走后，不承想我竟同小玉相识，是亲耳听来的。这就好比在立体镜下，左右两张图作为一个图像来看一样，把先前亲眼所见与后来亲耳听说的，两相对照，便合成了这个故事。或许读者要问我："同小玉是怎么认识的？在什么场合听说的？"如同上文所说，这个问题的答复，已属本故事的题外话。唯有一点，不言而喻，我不具备成为小玉情人的条件，故而请读者诸君切莫妄加猜测是幸。